Das Haus im Grenzland

William Hope Hodgson war ein englischer Schriftsteller. Er schuf ein umfangreiches Werk, das aus Essays, Kurzgeschichten und Romanen besteht und mehrere sich überschneidende Genres umfasst, darunter Horror, phantastische Fiktion und Science-Fiction. Sein berühmtester Roman ist "Das Haus im Grenzland" *The House on the Borderland* (1908) das ein kosmisches Thema behandelt.

Über das Buch:

Zwei Männer, die sich auf einem zweiwöchigen Angelurlaub im abgelegenen Westen Irlands befinden, werden von der Entdeckung eines seltsamen Abgrunds überrascht. Auf einem Felsvorsprung über diesem Abgrund finden sie Ruinen und darin vergraben ein Tagebuch, das sie lesen. Der Roman, der von diesem Tagebuch handelt, ist ein halluzinatorischer Bericht über den Aufenthalt eines Einsiedlers in dem abgelegenen Haus und seine Erfahrungen mit übernatürlichen Kreaturen und jenseitigen Dimensionen. Das Tagebuch berichtet unter anderem von bösartigen Schweinekreaturen und einer Kreatur, die durch eine Falltür in den Keller kommt. Dann endet der Bericht. Was war mit dem Haus geschehen und warum befindet sich jetzt dort ein Abgrund? Wissen die Bewohner des entfernten Dorfes etwas darüber?

Als der amerikanische Horrorschriftsteller H. P. Lovecraft 1934 auf Hodgsons Romane stieß, lobte er *Das Haus im Grenzland* und andere Werke von Hodgson ausführlich, und Terry Pratchett nannte den Roman "den Urknall in meinem privaten Universum als Science-Fiction- und Fantasy-Leser und später als Schriftsteller".

DAS HAUS IM GRENZLAND

Phantastischer Science-Fiction-Roman

Von
William Hope Hodgson

SciFi Edition

Bibliografische Information der Deutschen Nationalbibliothek:
Die Deutsche Nationalbibliothek verzeichnet diese Publikation in der
Deutschen Nationalbibliografie; detaillierte bibliografische Daten
sind im Internet über dnb.dnb.de abrufbar

Herstellung und Verlag: BoD – Books on Demand, Norderstedt

ISBN: 978-3-7557-6110-5

Inhaltsverzeichnis

DAS HAUS IM GRENZLAND

Aus dem Manuskript, das 1877 von den Herren Tonnison und Berreggnog in den Ruinen südlich des Dorfes
Kraighten im Westen Irlands entdeckt wurde. Hier
gesetzt, mit Anmerkungen.

AN MEINEN VATER

(Dessen Füße die verlorenen Äonen durchschreiten)

Öffne die Tür,
und höre!
Nur das dumpfe Rauschen des Windes,
Und das Glitzern
von Tränen um den Mond.
Und in der Phantasie der Schritt
des verschwindenden Schuhs
Hinaus in die Nacht mit den Toten.

"Still! Und höre
Den traurigen Schrei
des Windes in der Dunkelheit.
Schweigt und lauscht, ohne Murmeln oder Seufzen,
Auf den Totenschuh, der die verlorenen Äonen durchschreitet:
Auf den Klang, der dich zum Sterben zwingt.
Schweigt und horcht! Hört und horcht!"
Die Schuhe der Toten

EINLEITUNG DES AUTORS ZUM MANU-SKRIPT

Viele Stunden habe ich über die Geschichte gegrübelt, die auf den folgenden Seiten dargelegt wird. Ich vertraue darauf, dass mein Instinkt nicht falsch ist, wenn er mich dazu veranlasst, den Bericht in der Schlichtheit zu belassen, wie er mir übergeben wurde.

Und das Manuskript selbst - Sie müssen sich vorstellen, wie ich es neugierig umblätterte, als es in meine Obhut gegeben wurde, und wie ich es schnell und ruckartig untersuchte. Es ist ein kleines Buch, aber dick und bis auf die letzten Seiten mit einer seltsamen, aber gut leserlichen Handschrift versehen und sehr eng beschrieben. Während ich jetzt schreibe, habe ich den seltsamen, schwachen Geruch von Grubenwasser in der Nase, und meine Finger erinnern sich unbewusst an das weiche, "pappige" Gefühl der lange feuchten Seiten.

Ich habe gelesen und beim Lesen die Vorhänge des Unmöglichen gelüftet, die den Verstand blenden, und ins Unbekannte geblickt. Ich wanderte zwischen steifen, abrupten Sätzen umher, und bald konnte ich ihnen keinen Vorwurf mehr machen, denn diese verstümmelte Geschichte ist weitaus besser als meine eigenen ehrgeizigen Formulierungen geeignet, all das zu vermitteln, was der alte Einsiedler aus dem verschwundenen Haus zu erzählen versucht hatte.

Über den einfachen, steif vorgetragenen Bericht über seltsame und außergewöhnliche Dinge werde ich wenig sagen. Er liegt vor Ihnen. Die innere Geschichte muss von jedem Leser persönlich aufgedeckt werden, je nach Fähigkeit und Wunsch. Und selbst wenn jemand das schemenhafte Bild und die Vorstellung von dem, was man als Himmel und Hölle bezeichnen könnte, nicht sieht, wie ich es jetzt sehe, kann ich dennoch einen gewissen Nervenkitzel versprechen, wenn man die Geschichte einfach als Geschichte nimmt.

WILLIAM HOPE HODGSON
17. Dezember 1907

I. DER FUND DES MANUSKRIPTS

Ganz im Westen Irlands liegt ein winziger Weiler namens Kraighten. Es liegt einsam am Fuße eines niedrigen Hügels. Rundherum erstreckt sich eine kahle und völlig unwirtliche Landschaft, in der man hier und da in großen Abständen auf die Ruinen einer längst verlassenen Hütte stößt - strohgedeckt und kahl. Das ganze Land ist kahl und unbewohnt, die Erde bedeckt kaum den Felsen, der darunter liegt und mit dem das Land reichlich bedeckt ist und der sich an manchen Stellen in wellenförmigen Kämmen aus dem Boden erhebt.

Doch trotz seiner Trostlosigkeit hatten mein Freund Tonnison und ich beschlossen, unseren Urlaub dort zu verbringen. Er war im Jahr zuvor auf einer langen Wanderung zufällig auf diesen Ort gestoßen und hatte die Möglichkeiten für Angler in einem kleinen, namenlosen Fluss entdeckt, der am Rande des kleinen Dorfes vorbeifließt.

Ich habe gesagt, dass der Fluss keinen Namen hat; ich kann hinzufügen, dass auf keiner Karte, die ich bisher konsultiert habe, das Dorf oder der Fluss eingezeichnet waren. Sie scheinen gänzlich der Beobachtung entgangen zu sein. Nach allem, was der durchschnittliche Reiseführer erzählt, könnte es sie sogar gar nicht geben. Möglicherweise ist dies zum Teil darauf zurückzuführen, dass der nächste Bahnhof (Ardrahan) etwa vierzig Meilen entfernt ist.

Es war früh an einem warmen Abend, als mein Freund und ich in Kraighten ankamen. Wir hatten Ardrahan in der vorangegangenen Nacht erreicht, dort in Zimmern geschlafen, die wir im Postamt des Dorfes gemietet hatten, und waren am nächsten Morgen rechtzeitig losgefahren, wobei wir uns unsicher an eines der typischen Ausflugsautos geklammert hatten.

Es hatte den ganzen Tag gedauert, bis wir unsere Reise über einige der unwegsamsten Pisten, die man sich vorstellen kann, hinter uns gebracht hatten, so dass wir sehr müde und etwas schlecht gelaunt waren. Doch bevor wir an Essen oder Ausruhen denken konnten, mussten wir erst das Zelt aufbauen und unsere Sachen verstauen. Also machten wir uns mit Hilfe unseres Fahrers an die Arbeit und hatten das Zelt bald auf einem kleinen Fleckchen Erde außerhalb des kleinen Dorfes und ganz in der Nähe des Flusses aufgebaut.

Nachdem wir alle unsere Habseligkeiten verstaut hatten, entließen wir den Kutscher, da er so schnell wie möglich zurückfahren musste, und sagten ihm, er solle nach vierzehn Tagen zu uns kommen. Wir hatten genügend Proviant für diese Zeit mitgebracht und Wasser, das wir aus dem Fluss holen konnten. Brennstoff brauchten wir nicht, denn wir hatten einen kleinen Ölofen dabei, und das Wetter war schön und warm.

Es war Tonnisons Idee, im Freien zu zelten, anstatt sich in einer der Hütten ein-zuquartieren. Es war nicht witzig, in einem Raum zu schlafen, in dem in der einen Ecke eine zahlreiche Familie gesunder Iren und in der anderen der Schweinestall war, während über uns eine zerlumpte Kolonie von Hühnern ihre Segnungen unpar-teiisch verteilte und der ganze Ort so voller Torfrauch war, dass man sich den Kopf abniesen musste, wenn man ihn nur in die Türöffnung steckte.

Tonnison hatte inzwischen den Ofen angezündet und war damit beschäftigt, Speckscheiben in die Pfanne zu schneiden; also nahm ich den Kessel und ging hin-unter zum Fluss, um Wasser zu holen. Auf dem Weg dorthin musste ich dicht an einer kleinen Gruppe von Dorfbewohnern vorbeigehen, die mich neugierig, aber nicht unfreundlich beäugten, obwohl keiner von ihnen ein Wort wagte.

Als ich mit meinem gefüllten Kessel zurückkehrte, ging ich auf sie zu und fragte sie nach einem freundlichen Nicken, das sie in gleicher Weise erwiderten, beiläufig nach dem Fischfang. Doch statt zu antworten, schüttelten sie nur stumm den Kopf und starrten mich an. Ich wiederholte die Frage und wandte mich insbesondere an einen großen, hageren Kerl an meinem Ellbogen, doch wieder erhielt ich keine Ant-wort. Dann wandte sich der Mann an einen Kameraden und sagte schnell etwas in einer Sprache, die ich nicht verstand, und sofort begann die ganze Menge in einer Sprache zu plappern, die ich nach ein paar Augenblicken für reines Irisch hielt. Zugleich warfen sie viele Blicke in meine Richtung. Vielleicht eine Minute lang unterhielten sie sich so; dann drehte sich der Mann, den ich angesprochen hatte, zu mir um und sagte etwas. Seinem Gesichtsausdruck entnahm ich, dass er mich seiner-seits ausfragte, aber jetzt musste ich den Kopf schütteln und zu verstehen geben, dass ich nicht verstand, was sie wissen wollten, und so standen wir da und sahen uns an, bis ich hörte, wie Tonnison mir zurief, ich solle mich mit dem Kessel beeilen. Dann verließ ich sie mit einem Lächeln und einem Nicken, und alle in der kleinen Menge lächelten und nickten, obwohl ihre Gesichter immer noch ihre Verwirrung verrieten.

Es war offensichtlich, dachte ich, als ich zum Zelt ging, dass die Bewohner die-ser wenigen Hütten in der Wildnis kein Wort Englisch konnten. Als ich Tonnison davon erzählte, bemerkte er, dass er sich dieser Tatsache bewusst war und dass dies in diesem Teil des Landes, wo die Menschen oft in ihren abgelegenen Weilern lebten und starben, ohne jemals mit der Außenwelt in Berührung zu kommen, keineswegs ungewöhnlich war.

"Ich wünschte, wir hätten den Fahrer dazu gebracht, für uns zu dolmetschen, bevor er losfuhr", bemerkte ich, als wir uns zu unserem Essen setzten. "Es scheint so seltsam, dass die Leute hier nicht einmal wissen, warum wir hier sind."

Tonnison grunzte zustimmend und schwieg danach eine Weile.

Später, nachdem wir unseren Appetit etwas gestillt hatten, begannen wir zu reden und legten unsere Pläne für den morgigen Tag fest; dann schlossen wir nach einer Zigarette die Klappe des Zeltes und bereiteten uns darauf vor, schlafen zu gehen.

"Ich nehme an, es besteht keine Gefahr, dass die Kerle draußen etwas mitnehmen?" fragte ich, als wir uns in unsere Decken einrollten.

Tonnison sagte, dass er das nicht glaube, zumindest nicht, solange wir unterwegs seien. Und, wie er weiter erklärte, könnten wir alles außer dem Zelt in der großen Truhe einschließen, die wir für unseren Proviant mitgebracht hatten. Ich war damit einverstanden und bald schliefen wir beide ein.

Am nächsten Morgen standen wir früh auf und gingen im Fluss schwimmen; danach zogen wir uns an und frühstückten. Danach zogen wir uns an und frühstückten. Dann holten wir unsere Angelausrüstung heraus und überholten sie. Nachdem sich unser Frühstück etwas gesetzt hatte, machten wir alles im Zelt sicher und zogen in die Richtung, die mein Freund bei seinem letzten Besuch erkundet hatte.

Den ganzen Tag über fischten wir fröhlich und arbeiteten stetig flussaufwärts, und am Abend hatten wir eine der schönsten Fischsammlungen, die ich seit langem gesehen hatte. Als wir ins Dorf zurückkehrten, fütterten wir die Ausbeute des Tages. Nachdem wir einige der feineren Fische für unser Frühstück ausgewählt hatten, schenkten wir den Rest der Gruppe von Dorfbewohnern, die sich in respektvollem Abstand versammelt hatten, um unser Treiben zu beobachten. Sie schienen sehr dankbar zu sein und überschütteten uns mit Bergen von vermutlich irischen Segenswünschen.

So verbrachten wir mehrere Tage mit herrlichem Sport und einem erstklassigen Appetit, um unserer Beute gerecht zu werden. Wir waren erfreut festzustellen, wie freundlich die Dorfbewohner waren und dass es keine Anzeichen dafür gab, dass sie es gewagt hatten, sich während unserer Abwesenheit an unserem Eigentum zu vergreifen.

Es war an einem Dienstag, als wir in Kraighten ankamen, und es sollte der darauffolgende Sonntag werden, an dem wir eine große Entdeckung machten. Bisher waren wir immer flussaufwärts gefahren, doch an diesem Tag legten wir unsere Ruten beiseite und machten uns mit etwas Proviant auf eine lange Wanderung in die andere Richtung. Der Tag war warm, und wir stapften gemächlich dahin. Gegen Mittag hielten wir an, um auf einem großen flachen Felsen in der Nähe des Flussufers unser Mittagessen zu essen. Danach saßen wir eine Weile und rauchten und setzten unseren Spaziergang erst fort, als wir des Nichtstuns müde waren.

Vielleicht noch eine Stunde lang wanderten wir weiter, plauderten leise und gemütlich über dies und das und hielten mehrmals an, während mein Begleiter, der so etwas wie ein Künstler ist, grobe Skizzen von markanten Stellen der wilden Landschaft anfertigte.

Und dann, ohne jede Vorwarnung, kam der Fluss, dem wir so zuversichtlich gefolgt waren, zu einem abrupten Ende und verschwand in der Erde.

"Großer Gott!" sagte ich, "wer hätte das je gedacht?"

Und ich starrte verblüfft vor mich hin, dann wandte ich mich an Tonnison. Er blickte mit ausdruckslosem Gesicht auf die Stelle, an der der Fluss verschwand.

Nach einem Moment sprach er.

"Lass uns ein Stück weitergehen, vielleicht taucht es ja wieder auf - auf jeden Fall ist es eine Untersuchung wert."

Ich stimmte zu, und wir gingen weiter, wenn auch ziemlich ziellos, denn wir waren uns nicht sicher, in welche Richtung wir unsere Suche fortsetzen sollten. Wir gingen vielleicht eine Meile weiter, dann blieb Tonnison, der sich neugierig umgesehen hatte, stehen und beschattete seine Augen.

"Sieh mal", sagte er nach einem Moment, "ist das nicht ein Nebel oder so etwas, dort drüben auf der rechten Seite - in einer Linie mit dem großen Felsbrocken?" Und er deutete mit seiner Hand darauf.

Ich starrte vor mich hin und nach einer Minute schien ich etwas zu sehen, konnte mir aber nicht sicher sein und sagte es.

"Wie auch immer", antwortete mein Freund, "wir gehen einfach rüber und sehen uns das an." Und er ging in die Richtung, die er vorgeschlagen hatte, und ich folgte ihm. Bald kamen wir zwischen Büschen hindurch und nach einiger Zeit auf die Spitze eines hohen, mit Felsbrocken übersäten Ufers, von dem aus wir in eine Wildnis aus Büschen und Bäumen hinunterblickten.

"Es scheint, als wären wir in dieser Steinwüste auf eine Oase gestoßen", murmelte Tonnison, während er sich interessiert umsah. Dann schwieg er, seine Augen waren starr, und auch ich schaute hin, denn irgendwo in der Mitte der bewaldeten Ebene erhob sich eine große Säule aus haselnussbrauner Gischt in die stille Luft, auf die die Sonne schien und unzählige Regenbögen erzeugte.

"Wie schön!" rief ich aus.

"Ja", antwortete Tonnison, nachdenklich. "Dort drüben muss es einen Wasserfall oder so etwas geben. Vielleicht ist es unser Fluss, der wieder zum Vorschein kommt. Gehen wir nachsehen."

Wir gingen das abschüssige Ufer hinunter und gelangten zwischen die Bäume und Sträucher. Die Büsche waren verfilzt und die Bäume überragten uns, so dass es unangenehm düster war. Allerdings war es nicht dunkel genug, um mir zu verbergen, dass viele der Bäume Obstbäume waren und dass man hier und da undeutlich Zeichen einer längst vergangenen Kultur erkennen konnte. Es kam mir so vor, als würden wir durch das Gewirr eines großen und alten Gartens gehen. Das sagte ich auch zu Tonnison, und er stimmte mir zu, dass es durchaus vernünftige Gründe für meine Annahme zu geben schien.

Was für ein wilder Ort es doch war, so düster und trostlos! Während wir weiter-
gingen, überkam mich irgendwie ein Gefühl der stillen Einsamkeit und Verlassenheit
des alten Gartens, und mir wurde ganz mulmig zumute. Man konnte sich vorstellen,
dass in den verworrenen Büschen Dinge lauerten, und in der Luft des Ortes schien
etwas Unheimliches zu liegen. Ich glaube, Tonnison war sich dessen auch bewusst,
obwohl er nichts sagte.

Plötzlich kamen wir zum Stehen. Durch die Bäume war ein entferntes Geräusch
an unsere Ohren gedrungen. Tonnison beugte sich vor und lauschte. Ich konnte es
jetzt deutlicher hören; es war anhaltend und rau - eine Art dröhnendes Brüllen, das
von weit her zu kommen schien. Ich verspürte ein seltsames, unbeschreibliches
Gefühl der Nervosität. Was war das für ein Ort, an den wir geraten waren? Ich
schaute meinen Begleiter an, um zu sehen, was er von der Sache hielt, und
bemerkte, dass er nur verwirrt dreinschaute; dann, als ich seine Gesichtszüge beobachtete, schlich sich ein Ausdruck des Verstehens ein und er nickte mit dem Kopf.

"Das ist ein Wasserfall", rief er mit Überzeugung. "Ich kenne das Geräusch
jetzt." Und er begann, sich energisch durch das Gebüsch in die Richtung des Geräusches zu drängen.

Als wir vorwärts gingen, wurde das Geräusch immer deutlicher und zeigte, dass
wir direkt darauf zusteuerten. Das Tosen wurde immer lauter und näher, bis es, wie
ich Tonnison gegenüber bemerkte, fast unter unseren Füßen zu entstehen schien -
und wir waren immer noch von Bäumen und Sträuchern umgeben.

"Pass auf!" rief Tonnison mir zu. "Pass auf, wo du hingehst." Plötzlich traten wir
zwischen den Bäumen hervor und gelangten auf eine große Freifläche, wo keine
sechs Schritte vor uns der Schlund eines gewaltigen Abgrunds gähnte, aus dessen
Tiefe der Lärm aufzusteigen schien, zusammen mit der ständigen, nebelartigen
Gischt, die wir von der Spitze des entfernten Ufers aus beobachtet hatten.

Eine ganze Minute lang standen wir schweigend da und starrten fassungslos auf
den Anblick; dann ging mein Freund vorsichtig auf den Rand des Abgrunds zu. Ich
folgte ihm, und gemeinsam blickten wir durch die Gischt auf einen riesigen Katarakt
aus schäumendem Wasser hinunter, der fast hundert Fuß unter uns aus dem Abgrund
hervorsprudelte.

"Großer Gott!", sagte Tonnison.

Ich schwieg und war ziemlich erschrocken. Der Anblick war so unerwartet groß-
artig und unheimlich, wobei ich letzteres erst später bemerkte.

Ich schaute nach oben und auf die andere Seite des Abgrunds. Es sah aus wie das
Fragment einer großen Ruine, und ich berührte Tonnison an der Schulter. Er blickte
sich erschrocken um und ich zeigte auf das Ding. Sein Blick folgte meinem Finger
und seine Augen leuchteten in einem plötzlichen Anflug von Aufregung auf, als das
Objekt in sein Blickfeld geriet.

"Komm mit", rief er über den Lärm hinweg. "Wir werden es uns ansehen. Irgendetwas ist merkwürdig an diesem Ort, ich spüre es in meinen Knochen." Und er ging los, um den Rand des kraterartigen Abgrunds herum. Als wir uns diesem neuen Ding näherten, sah ich, dass ich mich in meinem ersten Eindruck nicht geirrt hatte. Es handelte sich zweifellos um einen Teil eines zerstörten Gebäudes, doch jetzt erkannte ich, dass es nicht am Rand des Abgrunds selbst gebaut war, wie ich zunächst angenommen hatte, sondern fast am äußersten Ende eines riesigen Felsvorsprungs, der etwa fünfzig oder sechzig Fuß über den Abgrund hinausragte. Tatsächlich schwebte die zerklüftete Ruinenmasse buchstäblich in der Luft.

Als wir gegenüber der Ruine ankamen, gingen wir auf den vorspringenden Felsenarm zu und ich muss gestehen, dass ich ein unerträgliches Gefühl des Schreckens empfand, als ich von diesem schwindelerregenden Vorsprung in die unbekannten Tiefen unter uns hinabblickte - in die Tiefen, aus denen immer wieder das Donnern des fallenden Wassers und das Leichentuch der aufsteigenden Gischt aufstieg.

Als wir die Ruine erreichten, kletterten wir vorsichtig um sie herum und stießen auf der anderen Seite auf einen Haufen umgestürzter Steine und Trümmer. Die Ruine selbst schien mir, als ich sie genauer untersuchte, ein Teil der Außenmauer eines gewaltigen Bauwerks zu sein, so dick und substanziell war sie gebaut; doch was sie in einer solchen Lage zu suchen hatte, konnte ich keineswegs erahnen. Wo war der Rest des Hauses oder der Burg, oder was auch immer dort gestanden hatte?

Ich ging zurück zur Außenseite der Mauer und von dort zum Rand des Abgrunds, während Tonnison systematisch in den Stein- und Geröllhaufen auf der Außenseite wühlte. Dann begann ich, die Oberfläche des Bodens in der Nähe des Abgrunds zu untersuchen, um zu sehen, ob nicht noch andere Überreste des Gebäudes vorhanden waren, zu dem das Ruinenfragment offensichtlich gehörte. Aber obwohl ich die Erde mit größter Sorgfalt untersuchte, konnte ich keine Anzeichen dafür entdecken, dass an dieser Stelle jemals ein Gebäude gestanden hatte, und ich wurde noch verwirrter als zuvor.

Dann hörte ich einen Schrei von Tonnison, der aufgeregt meinen Namen rief, und ohne zu zögern eilte ich die felsige Landzunge entlang zu der Ruine. Ich fragte mich, ob er sich verletzt hatte, und dann kam mir der Gedanke, dass er vielleicht etwas gefunden hatte.

Ich erreichte die zerbröckelte Mauer und kletterte herum. Dort fand ich Tonnison in einer kleinen Aushöhlung stehen, die er zwischen den Trümmern gemacht hatte: Er bürstete den Schmutz von etwas, das wie ein Buch aussah, das sehr zerknittert und verfallen war, und öffnete alle ein oder zwei Sekunden den Mund, um meinen Namen zu rufen. Sobald er sah, dass ich gekommen war, reichte er mir seine Beute und sagte mir, ich solle es in meinen Ranzen stecken, um es vor der Feuchtigkeit zu schützen, während er seine Erkundungen fortsetzte. Das tat ich auch, aber zuerst ließ ich die Seiten durch meine Finger gleiten und stellte fest, dass sie dicht mit ordentlicher, altmodischer Schrift gefüllt waren, die gut lesbar war, außer an einer Stelle, an der viele der Seiten fast zerstört waren, weil sie matschig und zerknittert waren, als ob das Buch an dieser Stelle umgedreht worden wäre. Wie ich von Tonnison erfuhr, war es tatsächlich so, wie er es entdeckt hatte, und der Schaden war wahrscheinlich auf den Sturz von Mauerwerk auf den geöffneten Teil zurückzuführen. Seltsamerweise war das Buch ziemlich trocken, was ich darauf zurückführte, dass es so sicher unter den Trümmern begraben worden war.

Nachdem ich das Buch sicher verstaut hatte, drehte ich mich um und half Tonnison bei seiner selbst auferlegten Aufgabe, das Buch auszugraben. Obwohl wir über eine Stunde lang hart arbeiteten und alle aufgeschütteten Steine und Abfälle durchwühlten, fanden wir nichts weiter als ein paar zerbrochene Holzfragmente, die zu einem Schreibtisch oder Tisch gehört haben könnten.

Als Nächstes machten wir einen Rundgang durch die gewaltige Schlucht, die, wie wir feststellen konnten, die Form eines fast perfekten Kreises hatte, mit Ausnahme der Stelle, an der der ruinenkrönige Felsvorsprung herausragte und die Symmetrie störte.

Der Abgrund glich, wie Tonnison es ausdrückte, nichts weiter als einem gigantischen Brunnen oder einer Grube, die steil in das Innere der Erde hinabführt.

Wir starrten noch eine Weile um uns herum und bemerkten dann, dass sich nördlich der Schlucht ein freier Platz befand, so dass wir unsere Schritte in diese Richtung lenkten.

Hier, einige hundert Meter von der Mündung des gewaltigen Abgrunds entfernt, kamen wir an einen großen See mit stillem Wasser - still, das heißt, außer an einer Stelle, an der es unaufhörlich blubberte und gurgelte.

Da wir nun vom Lärm des sprudelnden Katarakts entfernt waren, konnten wir uns gegenseitig sprechen hören, ohne lauthals schreien zu müssen, und ich fragte Tonnison, was er von diesem Ort halte. Ich sagte ihm, dass es mir nicht gefalle und dass es mir umso besser gefalle, je schneller wir hier weg seien.

Er nickte und warf einen verstohlenen Blick auf die Wälder dahinter. Ich fragte ihn, ob er etwas gesehen oder gehört habe. Er antwortete nicht, sondern schwieg, als lausche er, und auch ich schwieg.

Plötzlich sprach er.

"Horch!", sagte er scharf. Ich schaute ihn an und dann weg zwischen den Bäumen und Büschen und hielt unwillkürlich den Atem an. Eine Minute lang herrschte angespannte Stille, doch ich konnte nichts hören und drehte mich zu Tonnison um, um ihm das zu sagen. Und dann, gerade als ich meine Lippen öffnete, um zu sprechen, kam ein seltsames Heulen aus dem Wald links von uns.... Es schien durch die Bäume zu schweben, und es gab ein Rascheln von sich bewegenden Blättern, und dann war es still.

Plötzlich ergriff Tonnison das Wort und legte mir die Hand auf die Schulter. "Lass uns hier verschwinden", sagte er und begann, sich langsam dorthin zu bewegen, wo die umliegenden Bäume und Büsche am dünnsten erschienen. Als ich ihm folgte, fiel mir plötzlich auf, dass die Sonne schon tief stand und dass ein raues Gefühl von Kälte in der Luft lag.

Tonnison sagte nichts weiter, sondern ging unbeirrt weiter. Wir waren jetzt zwischen den Bäumen, und ich blickte mich nervös um, sah aber nichts außer den stillen Ästen und Stämmen und dem verworrenen Gebüsch. Wir gingen weiter, und kein Geräusch durchbrach die Stille, außer dem gelegentlichen Schnaufen eines Zweiges unter unseren Füßen, wenn wir uns vorwärts bewegten. Doch trotz der Stille hatte ich das schreckliche Gefühl, dass wir nicht allein waren, und ich blieb so dicht an Tonnison dran, dass ich ihm zweimal unbeholfen gegen die Fersen trat, obwohl er nichts sagte. Eine Minute, dann noch eine, und wir erreichten die Grenzen des Waldes und traten schließlich auf die kahlen Felsen der Landschaft hinaus. Erst jetzt gelang es mir, den Spuk abzuschütteln, der mich zwischen den Bäumen verfolgt hatte.

Einmal, als wir uns entfernten, schien wieder ein entferntes Heulen zu erklingen, und ich sagte mir, dass es der Wind war - doch der Abend war atemlos.

Plötzlich begann Tonnison zu sprechen.

"Hör mal", sagte er entschlossen, "ich würde die Nacht nicht an diesem Ort verbringen, für all den Reichtum, den die Welt bietet. Es hat etwas Unheiliges und Teuflisches an sich. Es wurde mir in einem Augenblick klar, kurz nachdem Sie gesprochen hatten. Es schien mir, als sei der Wald voller abscheulicher Dinge - Du weißt schon!"

"Ja", antwortete ich und blickte zurück zu dem Ort, aber er war durch eine Bodenerhebung vor uns verborgen.

"Da ist das Buch", sagte ich und steckte meine Hand in den Ranzen.

"Hast du es sicher?", fragte er mit einem plötzlichen Anflug von Besorgnis.

"Ja", antwortete ich.

"Vielleicht", fuhr er fort, "werden wir etwas daraus lernen, wenn wir zum Zelt zurückkehren. Außerdem sollten wir uns beeilen. Wir haben noch einen weiten Weg vor uns, und ich habe keine Lust, hier draußen im Dunkeln erwischt zu werden."

Es war zwei Stunden später, als wir das Zelt erreichten, und wir machten uns sofort an die Arbeit, eine Mahlzeit zuzubereiten, denn seit dem Mittagessen hatten wir nichts mehr gegessen.

Nach dem Essen räumten wir die Sachen aus dem Weg und zündeten unsere Pfeifen an. Dann bat Tonnison mich, das Manuskript aus meiner Tasche zu holen. Das tat ich, und da wir nicht beide gleichzeitig daraus lesen konnten, schlug er vor, ich solle es laut vorlesen. "Und pass auf", mahnte er, da er meine Neigungen kannte, "dass du nicht die Hälfte des Buches überspringst."

Hätte er jedoch gewusst, was es enthielt, wäre ihm klar geworden, wie überflüssig ein solcher Ratschlag war, zumindest für einmal. Und dort, in der Öffnung unseres kleinen Zeltes sitzend, begann ich die seltsame Geschichte von Das Haus im Grenzland (denn so lautete der Titel des Manuskripts), die auf den folgenden Seiten erzählt wird.

II. DIE EBENE DES SCHWEIGENS

Ich bin ein alter Mann. Ich lebe hier in diesem alten Haus, das von riesigen, ungepflegten Gärten umgeben ist.

Die Bauern, die die Wildnis dahinter bewohnen, sagen, ich sei verrückt. Das liegt daran, dass ich nichts mit ihnen zu tun haben will. Ich lebe hier allein mit meiner alten Schwester, die auch meine Haushälterin ist. Wir haben keine Bediensteten - ich hasse sie. Ich habe einen einzigen Freund, einen Hund. Ja, ich hätte lieber den alten Pepper als den Rest der Schöpfung zusammen. Wenigstens versteht er mich und ist vernünftig genug, mich in Ruhe zu lassen, wenn ich meine schlechte Laune habe.

Ich habe beschlossen, eine Art Tagebuch zu führen. Es wird mir vielleicht ermöglichen, einige Gedanken und Gefühle festzuhalten, die ich niemandem gegenüber ausdrücken kann, aber darüber hinaus bin ich bestrebt, die seltsamen Dinge aufzuzeichnen, die ich in den vielen Jahren der Einsamkeit in diesem seltsamen alten Gebäude gehört und gesehen habe.

Seit einigen Jahrhunderten hat dieses Haus einen schlechten Ruf, und bis ich es kaufte, hatte seit mehr als achtzig Jahren niemand mehr hier gelebt; folglich habe ich das alte Haus zu einem lächerlich niedrigen Preis erworben.

Ich bin nicht abergläubisch, aber ich kann nicht länger leugnen, dass in diesem alten Haus Dinge geschehen, die ich mir nicht erklären kann, und deshalb muss ich mir den Kopf darüber zerbrechen, indem ich sie so gut wie möglich aufschreibe. Sollte dieses Tagebuch nach meinem Tod jemals gelesen werden, werden die Leser allerdings nur den Kopf schütteln und noch mehr davon überzeugt sein, dass ich verrückt war.

Dieses Haus, wie alt es ist! Obwohl einem sein Alter vielleicht weniger auffällt als die seltsame Struktur, die bis zum letzten Grad kurios und fantastisch ist. Kleine geschwungene Türme und Zinnen mit Umrissen, die an aufsteigende Flammen erinnern, überwiegen, während der Körper des Gebäudes die Form eines Kreises hat.

Ich habe gehört, dass es eine alte Geschichte gibt, die unter den Landbewohnern erzählt wird, wonach der Teufel diesen Ort gebaut hat. Wie dem auch sei, das mag sein. Ob es wahr ist oder nicht, weiß ich nicht und es ist mir auch egal, außer dass es vielleicht dazu beigetragen hat, es billiger zu machen, bevor ich hierher kam.

Ich muss etwa zehn Jahre hier gewesen sein, bevor ich genug gesehen habe, um an die Geschichten zu glauben, die in der Gegend über dieses Haus kursieren. Es stimmt, dass ich bei mindestens einem Dutzend Gelegenheiten vage Dinge gesehen hatte, die mich verwirrten, und dass ich vielleicht mehr gefühlt als gesehen hatte. Dann, als die Jahre vergingen und ich älter wurde, wurde ich mir oft bewusst, dass in den leeren Zimmern und Fluren etwas ungesehen, aber unübersehbar vorhanden war. Doch es dauerte, wie gesagt, viele Jahre, bis ich echte Manifestationen des so genannten Übernatürlichen sah.

Es war nicht Halloween. Wenn ich eine Geschichte zur Belustigung erzählen würde, würde ich sie wahrscheinlich in dieser Nacht der Nächte ansiedeln; aber dies ist eine wahre AUFZEICHNUNG meiner eigenen Erfahrungen, und ich würde die Feder nicht zu Papier bringen, um jemanden zu belustigen. Nein. Es war nach Mitternacht am Morgen des einundzwanzigsten Januartages. Ich saß in meinem Arbeitszimmer und las, wie ich es oft tue. Pepper lag schlafend neben meinem Stuhl.

Ohne Vorwarnung gingen die Flammen der beiden Kerzen zu Boden und leuchteten dann in einem grässlichen grünen Schein. Ich blickte schnell auf und sah, wie die Lichter in einen dumpfen, rötlichen Farbton übergingen, so dass der Raum in einem seltsamen, schweren, purpurnen Zwielicht erstrahlte, das den Schatten hinter den Stühlen und Tischen eine doppelte Schwärze verlieh; und wo immer das Licht hinfiel, war es, als ob leuchtendes Blut über den Raum gespritzt wäre.

Unten auf dem Boden hörte ich ein schwaches, verängstigtes Wimmern, und etwas presste sich zwischen meine beiden Füße. Es war Pepper, die sich unter meinem Morgenmantel verkrochen hatte. Pepper, sonst so mutig wie ein Löwe!

Es war, glaube ich, diese Bewegung des Hundes, die mich das erste Mal wirklich erschreckte. Ich war sehr erschrocken, als die Lichter erst grün und dann rot aufleuchteten, aber ich hatte für einen Moment den Eindruck, dass diese Veränderung auf das Einströmen von giftigen Gasen in den Raum zurückzuführen war. Jetzt sah ich jedoch, dass dies nicht der Fall war, denn die Kerzen brannten mit gleichmäßiger Flamme und zeigten keine Anzeichen des Erlöschens, wie es der Fall gewesen wäre, wenn die Veränderung auf Dämpfe in der Atmosphäre zurückzuführen gewesen wäre.

Ich bewegte mich nicht. Ich fühlte mich deutlich verängstigt, aber mir fiel nichts Besseres ein, als zu warten. Vielleicht eine Minute lang ließ ich meinen Blick nervös durch den Raum schweifen. Dann bemerkte ich, dass die Lichter langsam zu sinken begannen, bis sie schließlich winzige rote Feuerflecken zeigten, die wie Rubine in der Dunkelheit schimmerten. Ich saß immer noch da und beobachtete das Geschehen, während mich eine Art träumerische Gleichgültigkeit zu übermannen schien, die die Angst, die mich zu ergreifen begann, gänzlich vertrieb.

Ganz am Ende des riesigen, altmodischen Raums wurde ich mir eines schwachen Lichts bewusst. Es wurde immer stärker und füllte den Raum mit Schimmern von grünem Licht. Dann sank es schnell und verwandelte sich - genau wie die Kerzenflammen - in ein tiefes, düsteres Karminrot, das sich verstärkte und den Raum mit einer Flut von schrecklicher Pracht erhellte.

Das Licht kam von der Stirnwand und wurde immer heller, bis sein unerträglicher Schein meinen Augen starke Schmerzen bereitete und ich sie unwillkürlich schloss. Es mag ein paar Sekunden gedauert haben, bis ich sie wieder öffnen konnte.

Das erste, was ich bemerkte, war, dass das Licht stark nachgelassen hatte, so dass es meine Augen nicht mehr anstrengte. Dann, als es noch schwächer wurde, wurde mir mit einem Mal bewusst, dass ich nicht mehr auf die Rötung blickte, sondern durch sie hindurch und durch die Wand dahinter.

Als ich mich allmählich an den Gedanken gewöhnte, wurde mir klar, dass ich auf eine weite Ebene blickte, die von demselben düsteren Zwielicht erhellt wurde, das auch den Raum durchzog. Die Unermesslichkeit dieser Ebene kann man sich kaum vorstellen. An keiner Stelle konnte ich ihre Grenzen erkennen. Es schien sich zu weiten und auszubreiten, so dass das Auge keine Grenzen wahrnehmen konnte. Langsam wurden die Details der näheren Bereiche klarer; dann, fast im selben Moment, erlosch das Licht und die Vision - wenn es denn eine Vision war - verblasste und war verschwunden.

Plötzlich wurde mir bewusst, dass ich nicht mehr auf dem Stuhl saß. Stattdessen schien ich über ihm zu schweben und auf ein schemenhaftes Etwas hinunterzublicken, das zusammengekauert und stumm war. Kurz darauf traf mich ein kalter Windstoß und ich war draußen in der Nacht und schwebte wie eine Seifenblase durch die Dunkelheit. Als ich mich bewegte, schien mich eine eisige Kälte zu umhüllen, so dass ich fröstelte.

Nach einer Weile blickte ich nach rechts und links und sah die unerträgliche Schwärze der Nacht, durchbrochen von fernen Feuerschimmern. Ich fuhr weiter, weiter, weiter. Einmal warf ich einen Blick zurück und sah die Erde, eine kleine Sichel aus blauem Licht, die sich zu meiner Linken entfernte. In der Ferne brannte die Sonne, ein weißer Flammenstrahl, lebhaft gegen die Dunkelheit an.

Eine unbestimmte Zeit verging. Dann sah ich zum letzten Mal die Erde - eine dauerhafte Kugel von strahlendem Blau, die in einer Ewigkeit von Raum schwimmt. Und da flimmerte ich, ein zerbrechliches Fitzelchen Seelenstaub, lautlos durch die Leere, vom fernen Blau in die Weite des Unbekannten.

Eine lange Zeit schien über mir zu vergehen, und nun konnte ich nirgendwo mehr etwas sehen. Ich hatte die Fixsterne hinter mir gelassen und war in die riesige Schwärze eingetaucht, die dahinter wartete. Die ganze Zeit über hatte ich nur ein Gefühl der Leichtigkeit und des kalten Unbehagens verspürt. Jetzt aber schien die grauenhafte Dunkelheit in meine Seele zu kriechen, und ich wurde von Angst und Verzweiflung erfüllt. Was sollte aus mir werden? Wohin sollte ich gehen? Noch während sich diese Gedanken formten, wuchs gegen die ungreifbare Schwärze, die mich einhüllte, ein schwacher Hauch von Blut an. Es schien außerordentlich fern und nebelhaft zu sein, doch mit einem Mal wurde das Gefühl der Bedrückung leichter, und ich verzweifelte nicht mehr.

Langsam wurde die ferne Röte immer deutlicher und größer, bis sie sich, als ich näher kam, zu einem großen, düsteren Licht ausbreitete - matt und gewaltig. Dennoch ging ich weiter, und bald war ich so nah dran, dass es sich unter mir auszubreiten schien, wie ein großer Ozean aus düsterem Rot. Ich konnte nur wenig sehen, außer dass es sich scheinbar unendlich weit in alle Richtungen ausbreitete.

In einem weiteren Raum stellte ich fest, dass ich auf ihn hinabstieg, und bald versank ich in einem großen Meer aus düsteren, rot gefärbten Wolken. Langsam tauchte ich daraus auf, und unter mir sah ich die gewaltige Ebene, die ich von meinem Zimmer in diesem Haus am Rande der Stille aus gesehen hatte.

Bald landete ich und stand inmitten einer großen Einöde der Einsamkeit. Der Ort war in ein düsteres Zwielicht getaucht, das einen unbeschreiblichen Eindruck von Trostlosigkeit vermittelte.

In der Ferne zu meiner Rechten brannte am Himmel ein gigantischer Ring aus mattrotem Feuer, von dessen äußerem Rand riesige, sich windende Flammen ausgingen, zackig und zackig. Das Innere dieses Rings war schwarz, schwarz wie die Finsternis der äußeren Nacht. Ich begriff sofort, dass es diese außergewöhnliche Sonne war, von der der Ort sein düsteres Licht bezog.

Von dieser seltsamen Lichtquelle aus blickte ich wieder auf meine Umgebung hinunter. Überall, wohin ich blickte, sah ich nichts als die gleiche flache Müdigkeit der unendlichen Ebene. Nirgendwo konnte ich irgendwelche Anzeichen von Leben entdecken, nicht einmal die Ruinen einer alten Behausung.

Allmählich stellte ich fest, dass ich vorwärts getragen wurde und über die flache Einöde schwebte. Eine gefühlte Ewigkeit lang bewegte ich mich vorwärts. Ich war mir keiner großen Ungeduld bewusst, aber eine gewisse Neugierde und ein großes Staunen begleiteten mich ständig. Immer wieder sah ich die Weite dieser riesigen Ebene um mich herum, und immer wieder suchte ich nach etwas Neuem, um die Monotonie zu durchbrechen, aber es gab keine Veränderung - nur Einsamkeit, Stille und Wüste.

Irgendwann bemerkte ich halbbewusst, dass sich ein schwacher, rötlicher Nebel über die Oberfläche legte. Doch als ich genauer hinsah, konnte ich nicht sagen, dass es sich wirklich um Nebel handelte, denn er schien mit der Ebene zu verschmelzen, ihr eine eigentümliche Unwirklichkeit zu verleihen und den Sinnen den Eindruck von Substanzlosigkeit zu vermitteln.

Allmählich wurde ich der Gleichförmigkeit des Ganzen überdrüssig. Es dauerte jedoch eine ganze Weile, bis ich irgendwelche Anzeichen des Ortes wahrnahm, auf den ich zusteuerte.

"Zuerst sah ich es weit vor mir, wie einen langen Hügel auf der Oberfläche der Ebene. Dann, als ich näher kam, erkannte ich, dass ich mich geirrt hatte, denn statt eines niedrigen Hügels erkannte ich nun eine Kette großer Berge, deren ferne Gipfel sich in die rote Finsternis erhoben, bis sie fast nicht mehr zu sehen waren."

III. DAS HAUS IN DER ARENA

Und so kam ich nach einiger Zeit zu den Bergen. Dann änderte sich der Verlauf meiner Reise, und ich begann, mich an ihren Füßen entlang zu bewegen, bis ich auf einmal sah, dass ich auf der gegenüberliegenden Seite zu einem riesigen Spalt kam, der sich in die Berge öffnete. Durch diesen wurde ich getragen, ohne große Geschwindigkeit zu erreichen. Zu beiden Seiten von mir ragten riesige, zerklüftete Wände aus felsiger Substanz in die Höhe. Weit über mir erkannte ich ein dünnes rotes Band, wo sich die Mündung des Abgrunds zwischen unzugänglichen Gipfeln öffnete. Darin herrschte tiefe, düstere Finsternis und kühle Stille. Eine Weile ging ich stetig weiter und dann sah ich endlich vor mir ein tiefes, rotes Leuchten, das mir sagte, dass ich kurz vor der weiteren Öffnung der Schlucht stand.

Eine Minute verging, und schon war ich am Ausgang der Schlucht und blickte auf ein riesiges Amphitheater von Bergen. Doch von den Bergen und der schrecklichen Größe des Ortes ahnte ich nichts, denn ich war verblüfft, als ich in einer Entfernung von mehreren Meilen und in der Mitte der Arena ein gewaltiges Bauwerk erblickte, das offenbar aus grüner Jade gebaut war. Doch es war nicht die Entdeckung des Gebäudes an sich, die mich so in Erstaunen versetzte, sondern die Tatsache, die von Augenblick zu Augenblick deutlicher wurde, dass sich das einsame Bauwerk außer in seiner Farbe und seiner enormen Größe in keiner Weise von dem Haus unterschied, in dem ich wohne.

Eine Zeit lang starrte ich weiter starr vor mich hin. Selbst dann konnte ich kaum glauben, dass ich richtig sah. In meinem Kopf formte sich eine Frage, die sich unaufhörlich wiederholte: 'Was bedeutet es?' 'Was bedeutet es?' und ich war nicht in der Lage, eine Antwort zu geben, nicht einmal aus den Tiefen meiner Phantasie heraus. Ich schien nur zu Verwunderung und Angst fähig zu sein. Ich starrte noch eine Weile vor mich hin und bemerkte immer wieder einen neuen Punkt der Ähnlichkeit, der mich anzog. Schließlich wandte ich mich erschöpft und verwirrt von ihm ab, um mir den Rest des seltsamen Ortes anzusehen, in den ich eingedrungen war.

Bis jetzt war ich so sehr in meine Untersuchung des Hauses vertieft gewesen, dass ich mich nur flüchtig umgesehen hatte. Jetzt, während ich mich umsah, begann ich zu begreifen, an was für einen Ort ich gekommen war. Die Arena, so habe ich es genannt, schien ein perfekter Kreis mit einem Durchmesser von etwa zehn bis zwölf Meilen zu sein, in dessen Zentrum das Haus stand, wie ich bereits erwähnt habe. Die Oberfläche des Ortes hatte, wie die der Ebene, ein eigenartiges, nebliges Aussehen, das aber kein Nebel war.

Nach einem schnellen Überblick wanderte mein Blick schnell an den Hängen der kreisenden Berge hinauf. Wie still sie waren. Ich glaube, diese abscheuliche Stille war für mich anstrengender als alles, was ich bisher gesehen oder mir vorgestellt hatte. Ich blickte nun hinauf zu den großen Felsen, die so hoch aufragten. Dort oben gab die ungreifbare Röte allem ein verschwommenes Aussehen.

Und dann, als ich neugierig nach oben blickte, überkam mich ein neuer Schrecken, denn zwischen den dunklen Gipfeln zu meiner Rechten hatte ich eine riesige schwarze Gestalt ausgemacht, die wie ein Riese aussah. Es wuchs in meinem Blickfeld. Es hatte einen riesigen Pferdekopf mit gigantischen Ohren und schien unverwandt in die Arena zu blicken. Diese Haltung vermittelte mir den Eindruck einer ewigen Wachsamkeit - als hätte es diesen düsteren Ort über unbekannte Ewigkeiten hinweg bewacht. Langsam wurde mir das Ungeheuer klarer, und dann sprang mein Blick plötzlich von ihm zu etwas, das weiter entfernt und höher zwischen den Felsen lag. Eine lange Minute lang starrte ich es ängstlich an. Ich war mir auf seltsame Weise bewusst, dass da etwas nicht ganz Unbekanntes war - als ob sich etwas in meinem Hinterkopf regte. Das Ding war schwarz und hatte vier groteske Arme. Die Gesichtszüge waren undeutlich zu erkennen, um den Hals herum konnte ich mehrere helle Gegenstände ausmachen. Langsam fielen mir die Details ein und ich erkannte kalt, dass es sich um Schädel handelte. Weiter unten am Körper befand sich ein weiterer umlaufender Gürtel, der sich weniger dunkel von dem schwarzen Rumpf abhob. Und während ich noch rätselte, was das Ding war, schlich sich eine Erinnerung in meinen Kopf und ich wusste sofort, dass ich eine monströse Darstellung von Kali, der hinduistischen Göttin des Todes, vor mir hatte.

Andere Erinnerungen an meine alten Lernenden drängten sich in meine Gedanken. Mein Blick fiel wieder auf das riesige Ding mit dem Tierkopf. Gleichzeitig erkannte ich es als den altägyptischen Gott Set oder Seth, den Zerstörer der Seelen. Mit der Erkenntnis kam ein großer Schwung von Fragen - 'Zwei der...!' Ich hielt inne und versuchte, nachzudenken. Dinge jenseits meiner Vorstellungskraft spähten in meinen verängstigten Geist. Ich sah, undeutlich. 'Die alten Götter der Mythologie!' Ich versuchte zu begreifen, worauf das alles hinauslief. Mein Blick wanderte flackernd zwischen den beiden hin und her. 'Wenn...'

Eine Idee kam mir schnell, und ich drehte mich um und blickte schnell nach oben, um die düsteren Felsen zu meiner Linken zu durchsuchen. Unter einem großen Gipfel lugte etwas hervor, eine graue Gestalt. Ich wunderte mich, dass ich es nicht schon früher gesehen hatte, und dann fiel mir ein, dass ich diesen Teil noch nicht gesehen hatte. Jetzt sah ich es noch deutlicher. Es war, wie ich schon sagte, grau. Es hatte einen riesigen Kopf, aber keine Augen. Dieser Teil seines Gesichts war leer.

Jetzt sah ich, dass es oben in den Bergen noch andere Dinge gab. Weiter weg, auf einem hohen Felsvorsprung liegend, erkannte ich eine unregelmäßige, gespenstische Masse. Es schien keine Form zu haben, außer einem unreinen, halb tierischen Gesicht, das abscheulich aus seiner Mitte herausschaute. Und dann sah ich andere - es waren Hunderte von ihnen. Sie schienen aus den Schatten zu wachsen. Einige erkannte ich fast sofort als mythologische Gottheiten; andere waren mir fremd, völlig fremd, jenseits der Vorstellungskraft eines menschlichen Geistes.

Auf jeder Seite schaute ich hin und sah immer mehr. Die Berge waren voller seltsamer Dinge - Tier-Götter und Schrecken, die so grausam und bestialisch waren, dass es unmöglich und unanständig ist, sie zu beschreiben. Und ich... ich war erfüllt von einem schrecklichen Gefühl des überwältigenden Grauens, der Angst und des Widerwillens, und trotzdem wunderte ich mich sehr. Gab es denn doch etwas in der alten heidnischen Verehrung, etwas mehr als die bloße Vergötterung von Menschen, Tieren und Elementen? Der Gedanke packte mich - war da etwas?

Später wiederholte sich eine Frage. Was waren sie, diese Tier-Götter und die anderen? Zuerst waren sie mir nur als gemeißelte Monster erschienen, die wahllos auf den unzugänglichen Gipfeln und Abgründen der umliegenden Berge platziert worden waren. Als ich sie nun genauer unter die Lupe nahm, begann mein Verstand, neue Schlüsse zu ziehen. Sie hatten etwas an sich, eine unbeschreibliche Art von stiller Vitalität, die meinem wachsenden Bewusstsein einen Zustand des Lebens im Tod suggerierte - etwas, das keineswegs Leben war, wie wir es verstehen, sondern eher eine unmenschliche Form der Existenz, die man durchaus mit einer todeslosen Trance vergleichen konnte - ein Zustand, in dem man sich vorstellen konnte, dass sie ewig weiterleben würden. 'Unsterblich!' Das Wort tauchte unaufgefordert in meinen Gedanken auf, und ich begann mich zu fragen, ob dies die Unsterblichkeit der Götter sein könnte.

Und dann, mitten in meinem Grübeln und Grübeln, geschah etwas. Bis dahin hatte ich mich nur im Schatten des Ausgangs des großen Grabens aufgehalten. Jetzt, ohne dass ich es wollte, trat ich aus dem Halbdunkel heraus und begann, mich langsam durch die Arena zu bewegen - in Richtung des Hauses. Dabei gab ich alle Gedanken an die gewaltigen Gestalten über mir auf und konnte nur verängstigt auf das gewaltige Bauwerk starren, auf das ich so unbarmherzig zugetrieben wurde. Doch obwohl ich ernsthaft suchte, konnte ich nichts entdecken, was ich nicht schon gesehen hatte, und so wurde ich allmählich ruhiger.

Bald hatte ich einen Punkt erreicht, der mehr als auf halbem Weg zwischen dem Haus und der Schlucht lag. Um mich herum breitete sich die karge Einsamkeit des Ortes und die ungebrochene Stille aus. Unaufhaltsam näherte ich mich dem großen Gebäude. Plötzlich fiel mein Blick auf etwas, das um einen der riesigen Strebepfeiler des Hauses herumkam und so ins Blickfeld rückte. Es war ein gigantisches Ding, das sich mit einem seltsamen Gang bewegte und dabei fast aufrecht ging, wie ein Mensch. Es war völlig unbekleidet und hatte eine bemerkenswert leuchtende Erscheinung. Doch es war das Gesicht, das mich am meisten faszinierte und erschreckte. Es war das Gesicht eines Schweins.

Schweigend und aufmerksam beobachtete ich diese schreckliche Kreatur und vergaß für einen Moment meine Angst, als ich mich für ihre Bewegungen interessierte. Es bewegte sich unbeholfen um das Gebäude herum, hielt an jedem Fenster an, um hineinzuspähen und an den Gittern zu rütteln, mit denen sie - wie in diesem Haus - geschützt waren; und wann immer es zu einer Tür kam, drückte es dagegen und fingerte heimlich am Verschluss. Es war offensichtlich auf der Suche nach einem Zugang zu diesem Haus.

Ich war jetzt weniger als eine Viertelmeile von dem großen Bauwerk entfernt, und immer noch wurde ich vorwärts gedrängt. Abrupt drehte sich das Ding um und starrte abscheulich in meine Richtung. Es öffnete sein Maul, und zum ersten Mal wurde die Stille dieses abscheulichen Ortes von einem tiefen, dröhnenden Ton durchbrochen, der mich zusätzlich erschaudern ließ. Dann wurde mir sofort bewusst, dass es schnell und lautlos auf mich zukam. In einem Augenblick hatte es die Hälfte der Strecke zurückgelegt, die dazwischen lag. Und noch immer wurde ich hilflos vor mir hergetragen. Es waren nur hundert Meter, und die brutale Wildheit des riesigen Gesichts betäubte mich mit einem Gefühl des uneingeschränkten Entsetzens. In der Übermacht meiner Angst hätte ich schreien können. Und dann, im Augenblick meiner äußersten Verzweiflung, wurde mir bewusst, dass ich von einer schnell wachsenden Höhe auf die Arena hinunterblickte. Ich stieg und stieg. In einer unvorstellbar kurzen Zeit hatte ich eine Höhe von mehreren hundert Fuß erreicht. Unter mir war die Stelle, die ich gerade verlassen hatte, von der widerlichen Schweinekreatur besetzt. Es war auf alle Viere gegangen und schnüffelte und wühlte wie ein echtes Schwein an der Oberfläche der Arena. Einen Moment lang stand es auf, klammerte sich an den Füßen fest und hatte einen Ausdruck der Begierde im Gesicht, wie ich ihn noch nie auf dieser Welt gesehen habe.

Ich kletterte immer weiter nach oben. Es schien nur wenige Minuten zu dauern, bis ich mich über die großen Berge erhoben hatte und allein in der Ferne in der Röte schwebte. In einer gewaltigen Entfernung unter mir war die Arena zu sehen, nur schemenhaft, und das mächtige Haus war nur ein winziger grüner Fleck. Das Schweinedingsbums war nicht mehr zu sehen.

Bald überquerte ich die Berge und sah über die riesige Weite der Ebene hinaus. Weit weg, auf der Oberfläche, in Richtung der ringförmigen Sonne, zeigte sich ein verworrener Fleck. Ich blickte gleichgültig in seine Richtung. Es erinnerte mich ein wenig an den ersten Blick, den ich auf das Amphitheater in den Bergen erhascht hatte.

Mit einem Gefühl der Müdigkeit blickte ich zu dem riesigen Feuerring hinauf. Was für ein seltsames Ding es doch war! Dann, während ich noch starrte, schoss aus dem dunklen Zentrum ein plötzliches Aufflackern von außergewöhnlich lebhaftem Feuer hervor. Verglichen mit der Größe des schwarzen Zentrums war es wie eine Kleinigkeit, aber für sich genommen war es gewaltig. Mit gewecktem Interesse beobachtete ich es genau und bemerkte sein seltsames Brodeln und Glühen. Dann, in einem Moment, wurde das ganze Ding düster und unwirklich und verschwand aus meinem Blickfeld. Erstaunt blickte ich hinunter in die Ebene, aus der ich mich gerade erhob. Dort erlebte ich eine neue Überraschung. Die Ebene - alles war verschwunden, und nur ein Meer aus rotem Nebel breitete sich weit unter mir aus. Je länger ich starrte, desto weiter entfernte sich dieser Nebel und verschwand in einem düsteren, geheimnisvollen Rot vor einer unergründlichen Nacht. Nach einer Weile war auch dies verschwunden, und ich war in eine ungreifbare, lichtlose Finsternis gehüllt.

IV. DIE ERDE

So war ich, und nur die Erinnerung daran, dass ich schon einmal in der Dunkelheit gelebt hatte, stützte meine Gedanken. Eine lange Zeit verging - Zeitalter. Und dann bahnte sich ein einzelner star seinen Weg durch die Dunkelheit. Es war der erste aus einem der entlegenen Sternhaufen dieses Universums. Bald war es weit weg, und um mich herum leuchtete der Glanz der unzähligen Sterne. Später, es schien Jahre her zu sein, sah ich die Sonne, einen Flammenklumpen. Um Es herum erkannte ich bald mehrere entfernte Lichtflecken - die Planeten des Sonnensystems. Und dann sah ich wieder die Erde, blau und unglaublich winzig. Es wurde größer, und es wurde klarer.

Eine lange Zeit verging, und dann trat ich endlich in den Schatten der Welt ein und stürzte kopfüber in die düstere und heilige Erdnacht. Über mir waren die alten Sternbilder und eine Mondsichel zu sehen. Dann, als ich mich der Erdoberfläche näherte, überkam mich eine Düsternis, und ich schien in einem schwarzen Nebel zu versinken.

Eine Zeit lang wusste ich nichts. Ich war ohnmächtig. Allmählich wurde ich mir eines schwachen, entfernten Winselns bewusst. Es wurde immer deutlicher. Ein verzweifeltes Gefühl der Agonie ergriff von mir Besitz. Ich rang wahnsinnig nach Atem und versuchte zu schreien. Einen Moment lang bekam ich wieder leichter Luft. Ich war mir bewusst, dass etwas an meiner Hand leckte. Etwas Feuchtes strich über mein Gesicht. Ich hörte ein Hecheln und dann wieder das Winseln. Es kam mir jetzt bekannt vor, und ich öffnete die Augen. Alles war dunkel, aber das Gefühl der Beklemmung hatte mich verlassen. Ich saß, und irgendetwas wimmerte jämmerlich und leckte mich ab. Ich fühlte mich seltsam verwirrt und versuchte instinktiv, das Ding, das mich leckte, abzuwehren. Mein Kopf war seltsam leer, und für einen Moment schien ich weder handeln noch denken zu können. Dann erinnerte ich mich wieder und rief leise 'Pepper'. Ein freudiges Bellen und erneute, heftige Streicheleinheiten waren die Antwort.

Nach kurzer Zeit fühlte ich mich stärker und streckte meine Hand nach den Streichhölzern aus. Ich tappte einige Augenblicke lang blind umher, dann leuchteten meine Hände auf, ich zündete ein Licht an und sah mich verwirrt um. Überall um mich herum sah ich die alten, vertrauten Dinge. Und so saß ich da, voller Verwunderung, bis die Flamme des Streichholzes meinen Finger verbrannte und ich es fallen ließ, während ein hastiger Ausdruck von Schmerz und Wut meinen Lippen entwich und mich mit dem Klang meiner eigenen Stimme überraschte.

Nach einem Moment zündete ich ein weiteres Streichholz an und stolperte durch den Raum, um die Kerzen anzuzünden. Dabei stellte ich fest, dass sie nicht verbrannt, sondern gelöscht worden waren.

Als die Flammen in die Höhe schossen, drehte ich mich um und sah mich im Arbeitszimmer um, doch es gab nichts Ungewöhnliches zu sehen. Was war geschehen? Ich hielt mir mit beiden Händen den Kopf und versuchte, mich zu erinnern. Ah! die große, stille Ebene und die ringförmige Sonne aus rotem Feuer. Wo waren sie? Wo hatte ich sie gesehen? Wie lange ist das her? Ich fühlte mich benommen und verwirrt. Ein oder zwei Mal ging ich im Zimmer auf und ab, unsicher. Mein Gedächtnis schien abgestumpft zu sein, und schon kam das, was ich gesehen hatte, mühsam zurück.

Ich erinnere mich, dass ich in meiner Verwirrung mürrisch geflucht habe. Plötzlich wurde ich schwach und schwindlig und musste mich am Tisch festhalten, um mich abzustützen. Einige Augenblicke lang hielt ich mich schwach fest und schaffte es dann, seitwärts auf einen Stuhl zu taumeln. Nach einiger Zeit fühlte ich mich etwas besser und schaffte es, den Schrank zu erreichen, in dem ich normalerweise Brandy und Kekse aufbewahre. Ich goss mir ein wenig von dem Aufputschmittel ein und trank es aus. Dann nahm ich eine Handvoll Kekse, kehrte zu meinem Stuhl zurück und begann sie mit Heißhunger zu verschlingen. Ich war etwas überrascht über meinen Hunger. Ich fühlte mich, als hätte ich seit einer unendlich langen Zeit nichts mehr gegessen.

Während ich aß, ließ ich meinen Blick durch den Raum schweifen, nahm die verschiedenen Details auf und suchte immer noch, wenn auch fast unbewusst, nach etwas Greifbarem, an dem ich mich inmitten der unsichtbaren Geheimnisse, die mich umgaben, festhalten konnte. 'Sicherlich', dachte ich, 'muss es etwas geben...' Und im selben Augenblick blieb mein Blick auf dem Zifferblatt der Uhr in der gegenüberliegenden Ecke hängen. Daraufhin hörte ich auf zu essen und starrte einfach nur. Denn obwohl das Ticken der Uhr mit Sicherheit anzeigte, dass sie noch lief, zeigten die Zeiger auf kurz vor Mitternacht, während es, wie ich wusste, schon weit nach der Zeit war, in der ich das erste der seltsamen Ereignisse, die ich gerade beschrieben habe, erlebt hatte.

Ich war vielleicht einen Moment lang verblüfft und verwirrt. Wäre die Uhrzeit die gleiche gewesen wie die, die ich beim letzten Mal gesehen hatte, wäre ich zu dem Schluss gekommen, dass die Zeiger an einer Stelle stehen geblieben waren, während der innere Mechanismus wie üblich weiterlief; aber das würde auf keinen Fall erklären, warum die Zeiger rückwärts gelaufen waren. Während ich noch in meinem müden Hirn darüber nachdachte, kam mir der Gedanke, dass es bereits kurz vor dem Morgen des zweiundzwanzigsten Tages war und dass ich den größten Teil der letzten vierundzwanzig Stunden der sichtbaren Welt gegenüber unbewusst gewesen war. Der Gedanke beschäftigte mich eine ganze Minute lang; dann begann ich wieder zu essen. Ich war immer noch sehr hungrig.

Beim Frühstück am nächsten Morgen erkundigte ich mich beiläufig bei meiner Schwester nach dem Datum und stellte fest, dass meine Vermutung richtig war. Ich war in der Tat fast einen Tag und eine Nacht lang abwesend gewesen - zumindest im Geiste.

Meine Schwester stellte mir keine Fragen, denn es ist keineswegs das erste Mal, dass ich einen ganzen Tag und manchmal sogar ein paar Tage am Stück in meinem Arbeitszimmer verbringe, wenn ich besonders in meine Bücher oder meine Arbeit vertieft bin.

Und so vergehen die Tage, und ich bin immer noch von dem Wunsch erfüllt, die Bedeutung all dessen zu erfahren, was ich in jener denkwürdigen Nacht gesehen habe. Doch ich weiß, dass meine Neugierde kaum befriedigt werden kann.

V. DAS DING IN DER GRUBE

Dieses Haus ist, wie ich bereits erwähnt habe, von einem riesigen Anwesen und wilden, ungepflegten Gärten umgeben.

Im hinteren Teil, etwa dreihundert Meter entfernt, befindet sich eine dunkle, tiefe Schlucht, die von den Bauern 'Grube' genannt wird. Auf dem Grund fließt ein träger Bach, der so von Bäumen überwuchert ist, dass er von oben kaum zu sehen ist.

Nebenbei muss ich erklären, dass dieser Fluss einen unterirdischen Ursprung hat. Er entspringt plötzlich am östlichen Ende der Schlucht und verschwindet ebenso abrupt unter den Klippen, die sein westliches Ende bilden.

Es war einige Monate nach meiner Vision (wenn es denn eine Vision war) von der großen Ebene, dass meine Aufmerksamkeit besonders auf die Grube gelenkt wurde.

Eines Tages ging ich zufällig an ihrem südlichen Rand entlang, als sich plötzlich mehrere Fels- und Schieferstücke von der Felswand direkt unter mir lösten und mit einem dumpfen Krachen durch die Bäume fielen. Ich hörte sie unten im Fluss platschen und dann war es still. Ich hätte diesem Vorfall nicht mehr als einen flüchtigen Gedanken gewidmet, wenn Pepper nicht sofort angefangen hätte, wild zu bellen; und er würde auch nicht schweigen, wenn ich ihn dazu auffordere, was ein sehr ungewöhnliches Verhalten für ihn ist.

Ich hatte das Gefühl, dass irgendjemand oder irgendetwas in der Grube sein musste und ging schnell ins Haus zurück, um einen Stock zu holen. Als ich zurückkam, hatte Pepper aufgehört zu bellen, knurrte und roch unbehaglich an der Decke.

Ich pfiff ihm zu, mir zu folgen, und begann, vorsichtig hinabzusteigen. Die Tiefe der Grube muss etwa einhundertfünfzig Fuß betragen, und es kostete einige Zeit und beträchtliche Vorsicht, bis wir den Grund sicher erreichten.

Unten angekommen, begannen Pepper und ich, die Ufer des Flusses zu erkunden. Es war dort wegen der überhängenden Bäume sehr dunkel, und ich bewegte mich vorsichtig, hielt meinen Blick um mich herum und meinen Stock bereit.

Pepper war jetzt ruhig und blieb die ganze Zeit über dicht bei mir. So suchten wir auf der einen Seite des Flusses, ohne etwas zu hören oder zu sehen. Dann überquerten wir den Fluss durch einen einfachen Sprung und begannen, uns den Weg zurück durch das Unterholz zu bahnen.

Wir hatten vielleicht die Hälfte der Strecke hinter uns gebracht, als ich auf der anderen Seite, von der wir gerade gekommen waren, wieder das Geräusch von fallenden Steinen hörte. Ein großer Felsbrocken donnerte durch die Baumkronen, schlug am gegenüberliegenden Ufer auf, sprang in den Fluss und trieb einen großen

Wasserstrahl über uns hinweg. Pepper stieß daraufhin ein tiefes Knurren aus, blieb dann stehen und spitzte die Ohren. Auch ich lauschte.

Eine Sekunde später ertönte ein lautes, halb menschliches, halb schweinisches Quieken zwischen den Bäumen, offenbar auf halber Höhe der Südklippe. Es wurde von einem ähnlichen Ton vom Grund der Grube beantwortet. Daraufhin gab Pepper ein kurzes, scharfes Bellen von sich, sprang über den kleinen Fluss und verschwand in den Büschen.

Unmittelbar danach hörte ich, wie sein Bellen an Tiefe und Nummer zunahm, und dazwischen ertönte ein verwirrtes Gebrabbel. Das hörte auf, und in der darauf folgenden Stille erhob sich ein halb menschlicher Schmerzensschrei. Fast augenblicklich stieß Pepper ein langgezogenes Schmerzensgeheul aus, dann wurde das Gebüsch heftig aufgewühlt, und er kam mit eingezogenem Schwanz herausgerannt und warf im Laufen einen Blick über seine Schulter. Als er mich erreichte, sah ich, dass er aus einer großen Krallenwunde in der Seite blutete, die fast seine Rippen freigelegt hatte.

Als ich Pepper so verstümmelt sah, packte mich die Wut, und ich wirbelte meinen Stab herum und sprang in das Gebüsch, aus dem Pepper aufgetaucht war. Als ich mich hindurchzwängte, glaubte ich, ein Atemgeräusch zu hören. Im nächsten Augenblick war ich in einen kleinen freien Raum eingedrungen, gerade rechtzeitig, um zu sehen, wie etwas von leuchtend weißer Farbe zwischen den Büschen auf der gegenüberliegenden Seite verschwand. Mit einem Schrei rannte ich darauf zu, aber obwohl ich mit meinem Stock in den Büschen herumstocherte, sah und hörte ich nichts mehr und kehrte zu Pepper zurück. Nachdem ich seine Wunde im Fluss gebadet hatte, band ich ihm mein nasses Taschentuch um den Leib. Danach zogen wir uns die Schlucht hinauf und wieder ans Tageslicht zurück.

Als wir das Haus erreichten, erkundigte sich meine Schwester, was Pepper zugestoßen sei, und ich erzählte ihr, er habe mit einer Wildkatze gekämpft, von denen es hier mehrere geben soll.

Ich hielt es für besser, ihr nicht zu erzählen, wie es wirklich passiert war, obwohl ich es selbst kaum wusste. Aber eines wusste ich: Das Ding, das ich in die Büsche hatte rennen sehen, war keine Wildkatze. Es war viel zu groß und hatte, soweit ich es beobachten konnte, ein Fell wie das eines Schweins, nur von einer toten, ungesunden weißen Farbe. Es war aufrecht oder fast aufrecht auf seinen Hinterfüßen gelaufen, mit einer Bewegung, die der eines menschlichen Wesens ähnelte. So viel hatte ich bei meinem kurzen Blick bemerkt, und ehrlich gesagt empfand ich neben Neugierde auch eine Menge Unbehagen, als ich mir die Sache durch den Kopf gehen ließ.

Es war am Vormittag, als sich der oben beschriebene Vorfall ereignet hatte.

Es war dann nach dem Abendessen, als ich beim Lesen saß und plötzlich aufblickte und sah, wie etwas über das Fensterbrett hereinspähte, das nur Augen und Ohren hatte.

'Ein Schwein, bei Donnerwetter!' sagte ich und stand auf. So konnte ich das Ding besser sehen, aber es war kein Schwein - Gott allein weiß, was es war. Es erinnerte mich vage an das scheußliche Ding, das in der großen Arena herumgespukt hatte. Es hatte einen grotesk menschlichen Mund und Kiefer, aber kein Kinn, von dem man sprechen könnte. Die Nase war zu einer Schnauze verlängert; zusammen mit den kleinen Augen und den seltsamen Ohren verlieh es ihm ein so außerordentlich schweinisches Aussehen. Von der Stirn war wenig zu sehen, und das ganze Gesicht war von einer unangenehmen weißen Farbe.

Ich stand vielleicht eine Minute lang da und betrachtete das Ding mit einem immer stärker werdenden Gefühl des Ekels und einer gewissen Angst. Der Mund plapperte unaufhörlich vor sich hin, und einmal gab er ein halblautes Grunzen von sich. Ich glaube, es waren die Augen, die mich am meisten anzogen. Sie schienen manchmal mit einer schrecklich menschlichen Intelligenz zu leuchten und flackerten immer wieder von meinem Gesicht weg über die Details des Raumes, als ob mein Blick es störte.

Es schien sich mit zwei klauenartigen Händen auf der Fensterbank abzustützen. Diese Krallen waren im Gegensatz zum Gesicht von lehmig-brauner Farbe und hatten eine unbestimmte Ähnlichkeit mit menschlichen Händen, da sie vier Finger und einen Daumen hatten, die allerdings bis zum ersten Gelenk mit Schwimmhäuten versehen waren, ähnlich wie bei einer Ente. Es hatte auch Nägel, die aber so lang und kräftig waren, dass sie eher den Krallen eines Adlers glichen als irgendetwas anderem.

Wie ich bereits sagte, empfand ich eine gewisse Angst, wenn auch eine fast unpersönliche. Ich kann mein Gefühl besser erklären, wenn ich sage, dass es eher ein Gefühl der Abscheu war, so wie man es erwartet, wenn man mit etwas übermenschlich Abscheulichem in Berührung kommt, etwas Unheiligem, das zu einem bisher ungeahnten Zustand der Existenz gehört.

Ich kann nicht sagen, dass ich diese verschiedenen Details des Tieres zu diesem Zeitpunkt verstanden habe. Ich glaube, sie kamen mir im Nachhinein wieder in den Sinn, als hätten sie sich in mein Gehirn eingeprägt. Ich stellte mir mehr vor, als ich sah, als ich das Ding ansah, und die materiellen Details wurden mir erst später klar.

Vielleicht eine Minute lang starrte ich die Kreatur an; dann, als sich meine Nerven ein wenig beruhigten, schüttelte ich die vage Beunruhigung ab, die mich festhielt, und machte einen Schritt auf das Fenster zu. Noch während ich das tat, duckte sich das Ding und verschwand. Ich eilte zur Tür und sah mich eilig um, aber nur die verworrenen Büsche und Sträucher begegneten meinem Blick.

Ich rannte zurück ins Haus, holte mein Gewehr und machte mich auf den Weg, um den Garten zu durchsuchen. Auf dem Weg dorthin fragte ich mich, ob das, was ich gerade gesehen hatte, dasselbe sein könnte, was ich am Morgen gesehen hatte. Ich neigte zu der Annahme, dass es das war.

Ich hätte Pepper mitgenommen, hielt es aber für besser, seiner Wunde eine Chance zur Heilung zu geben. Wenn es sich bei der Kreatur, die ich gerade gesehen hatte, um seinen Widersacher vom Morgen handelte, war es außerdem unwahrscheinlich, dass er mir von großem Nutzen sein würde.

Ich begann meine Suche, systematisch. Ich war fest entschlossen, dieses Schwein zu finden und ihm ein Ende zu bereiten, wenn es denn möglich war. Das war zumindest ein materieller Horror!

Zuerst suchte ich vorsichtig, mit dem Gedanken an Peppers Wunde im Hinterkopf. Aber je mehr Stunden vergingen und kein Zeichen von etwas Lebendigem in den großen, einsamen Gärten zu sehen war, desto weniger besorgt war ich. Es kam mir fast so vor, als würde ich den Anblick des Es begrüßen. Alles schien besser zu sein als diese Stille mit dem ständigen Gefühl, dass die Kreatur in jedem Busch lauern könnte, an dem ich vorbeikam. Später wurde mir die Gefahr so gleichgültig, dass ich sogar durch die Büsche stürmte und mit meinem Gewehrlauf nach ihr tastete.

Manchmal rief ich, aber nur die Echos antworteten. Ich wollte die Kreatur damit vielleicht erschrecken oder dazu bringen, sich zu zeigen, aber es gelang mir nur, meine Schwester Mary hervorzuholen, die wissen wollte, was los war. Ich erzählte ihr, dass ich die Wildkatze gesehen hatte, die Pepper verwundet hatte, und dass ich versuchte, sie aus dem Gebüsch zu jagen. Sie schien nur halb zufrieden und ging mit einem Ausdruck des Zweifels zurück ins Haus. Ich fragte mich, ob sie etwas gesehen oder geahnt hatte. Den Rest des Nachmittags setzte ich die Suche unruhig fort. Ich hatte das Gefühl, nicht schlafen zu können, wenn dieses bestialische Ding durch die Büsche spukte, und als es Abend wurde, hatte ich immer noch nichts gesehen. Dann, als ich mich auf den Heimweg machte, hörte ich ein kurzes, unverständliches Geräusch im Gebüsch zu meiner Rechten. Sofort drehte ich mich um, zielte schnell und feuerte in die Richtung des Geräusches. Unmittelbar danach hörte ich, wie etwas im Gebüsch davonhuschte. Es bewegte sich schnell und war innerhalb einer Minute außer Hörweite. Nach ein paar Schritten gab ich die Verfolgung auf, da ich erkannte, wie aussichtslos es in der schnell heraufziehenden Dunkelheit sein musste, und so ging ich mit einem seltsamen Gefühl der Niedergeschlagenheit ins Haus.

In dieser Nacht, nachdem meine Schwester zu Bett gegangen war, ging ich zu allen Fenstern und Türen im Erdgeschoss und vergewisserte mich, dass sie sicher verschlossen waren. Bei den Fenstern war diese Vorsichtsmaßnahme kaum nötig, da alle im unteren Stockwerk stark vergittert sind, aber bei den Türen, von denen es fünf gibt, war es klug, da keine einzige verschlossen war.

Nachdem ich diese gesichert hatte, begab ich mich in mein Arbeitszimmer, doch ausnahmsweise erschreckte mich der Ort, der mir so riesig und hallig erschien. Eine Zeit lang versuchte ich zu lesen, aber als ich es schließlich für unmöglich hielt, trug ich mein Buch hinunter in die Küche, wo ein großes Feuer brannte, und setzte mich dort hin.

Ich wage zu behaupten, dass ich schon ein paar Stunden gelesen hatte, als ich plötzlich ein Geräusch hörte, das mich dazu brachte, mein Buch zur Seite zu legen und aufmerksam zu lauschen. Es war das Geräusch von etwas, das an der Hintertür rieb und fummelte. Einmal knarrte die Tür laut, so als würde sie mit Gewalt geöffnet werden. In diesen wenigen, kurzen Momenten erlebte ich ein unbeschreibliches Gefühl des Schreckens, wie ich es nicht für möglich gehalten hätte. Meine Hände zitterten, ein kalter Schweiß brach mir aus und ich zitterte heftig.

Allmählich beruhigte ich mich. Die verstohlenen Bewegungen draußen hatten aufgehört.

Dann saß ich eine Stunde lang still und wachsam. Plötzlich überkam mich wieder das Gefühl der Angst. Ich fühlte mich, wie ein Tier sich fühlen muss, unter dem Auge einer Schlange. Doch jetzt konnte ich nichts mehr hören. Dennoch gab es keinen Zweifel daran, dass ein unerklärlicher Einfluss am Werk war.

Allmählich, fast unmerklich, stahl sich etwas an mein Ohr - ein Geräusch, das sich in ein schwaches Murmeln auflöste. Schnell entwickelte es sich und wuchs zu einem dumpfen, aber abscheulichen Chor bestialischer Schreie an. Es schien aus den Eingeweiden der Erde aufzusteigen.

Ich hörte einen dumpfen Aufprall und begriff nur halb, dass ich mein Buch fallen gelassen hatte. Danach saß ich einfach nur da, und so fand mich das Tageslicht, als es fahl durch die vergitterten, hohen Fenster der großen Küche hereinkroch.

Mit dem dämmernden Licht verließ mich das Gefühl der Benommenheit und der Angst, und ich kam wieder zu Sinnen.

Daraufhin nahm ich mein Buch zur Hand und schlich zur Tür, um zu lauschen. Kein einziges Geräusch durchbrach die kühle Stille. Einige Minuten lang stand ich so da, dann zog ich ganz langsam und vorsichtig den Riegel zurück und öffnete die Tür, um hinauszuspähen.

Meine Vorsicht war überflüssig. Es war nichts zu sehen, außer dem grauen Blick auf düstere, verworrene Büsche und Bäume, die sich bis zur fernen Plantage erstreckten.

Mit einem Schaudern schloss ich die Tür und machte mich leise auf den Weg ins Bett.

VI. DIE SCHWEINE-DINGER

Es war Abend, eine Woche später. Meine Schwester saß im Garten und strickte. Ich ging auf und ab und las. Mein Gewehr lehnte an der Hauswand, denn seit dem Auftauchen dieses seltsamen Dings in den Gärten hatte ich es für klug gehalten, Vorsichtsmaßnahmen zu treffen. Doch während der ganzen Woche hatte mich nichts beunruhigt, weder durch Anblick noch durch Geräusche, so dass ich ruhig auf den Vorfall zurückblicken konnte, wenn auch immer noch mit einem Gefühl von grenzenloser Verwunderung und Neugierde.

Ich ging, wie ich gerade sagte, auf und ab und war in mein Buch vertieft. Plötzlich hörte ich ein Krachen, weit weg in Richtung der Grube. Mit einer schnellen Bewegung drehte ich mich um und sah eine gewaltige Staubsäule, die hoch in die Abendluft stieg.

Meine Schwester war aufgestanden und stieß einen spitzen Ausruf der Überraschung und des Schreckens aus.

Ich sagte ihr, sie solle bleiben, wo sie war, schnappte mir mein Gewehr und rannte auf die Grube zu. Als ich mich ihm näherte, hörte ich ein dumpfes, rumpelndes Geräusch, das sich schnell zu einem Brüllen steigerte, das sich mit tieferem Krachen teilte und eine neue Staubwolke aus der Grube aufwirbelte.

Das Geräusch verstummte, aber der Staub stieg immer noch turbulent auf.

Ich erreichte den Rand und blickte hinunter, konnte aber nichts sehen außer einem Aufwallen von Staubwolken, die hin und her wirbelten. Die Luft war so voll von kleinen Partikeln, dass sie mich blendeten und erstickten, und schließlich musste ich aus dem Strudel herauslaufen, um zu atmen.

Allmählich sank die schwebende Materie und hing in einem Gewirr über der Öffnung der Grube.

Ich konnte nur vermuten, was geschehen war.

Ich zweifelte kaum daran, dass es eine Art von Erdrutsch gegeben hatte, aber die Ursache lag jenseits meines Wissens. Und doch hatte ich schon halbe Vorstellungen, denn ich hatte bereits an die herabstürzenden Felsen gedacht und an das Ding auf dem Grund der Grube, aber in den ersten Minuten der Verwirrung gelang es mir nicht, die natürliche Schlussfolgerung zu ziehen, auf die die Katastrophe hindeutete.

Langsam legte sich der Staub, bis ich mich schließlich dem Rand nähern und hinunterschauen konnte.

Eine Weile blickte ich ohnmächtig vor mich hin und versuchte, durch den Gestank zu sehen. Zuerst war es unmöglich, etwas zu erkennen. Dann, während ich starrte, sah ich unten links etwas, das sich bewegte. Ich blickte angestrengt in diese Richtung und erkannte bald darauf eine weitere und dann noch eine weitere, drei schemenhafte Gestalten, die an der Seite der Grube hochzuklettern schienen. Ich konnte sie nur undeutlich erkennen. Noch während ich starrte und mich wunderte, hörte ich irgendwo zu meiner Rechten ein Klappern von Steinen. Ich blickte hinüber, konnte aber nichts sehen. Ich beugte mich vor, spähte hinüber und hinunter in die Grube, direkt unter die Stelle, an der ich stand, und sah nichts weiter als ein hässliches, weißes Schweinegesicht, das sich bis auf ein paar Meter an meine Füße herangearbeitet hatte. Unter dem Es konnte ich mehrere andere ausmachen. Als das Es mich sah, stieß es ein plötzliches, ungehobeltes Quieken aus, das aus allen Teilen der Grube beantwortet wurde. Da überkam mich ein Anflug von Entsetzen und Angst, und ich bückte mich und feuerte meine Waffe direkt in sein Gesicht. Sofort verschwand die Kreatur mit einem Klirren von loser Erde und Steinen.

Es herrschte eine kurze Stille, der ich wahrscheinlich mein Leben verdanke, denn währenddessen hörte ich ein schnelles Getrappel vieler Füße und sah, als ich mich umdrehte, einen Trupp der Kreaturen im Laufschritt auf mich zukommen. Sofort hob ich mein Gewehr und schoss auf den vordersten, der sich mit einem grässlichen Geheul kopfüber in die Tiefe stürzte. Dann drehte ich mich um und rannte los. Auf halbem Weg vom Haus zur Grube sah ich meine Schwester - sie kam auf mich zu. Ich konnte ihr Gesicht nicht deutlich sehen, da es bereits dämmerte, aber in ihrer Stimme lag Angst, als sie mich fragte, warum ich schoss.

'Lauf!' rief ich als Antwort. 'Lauf um dein Leben!'

Kurzerhand drehte sie sich um und floh, wobei sie ihre Röcke mit beiden Händen aufhob. Als ich ihr folgte, warf ich einen Blick zurück. Die Bestien rannten auf ihren Hinterbeinen, manchmal fielen sie auf alle Viere.

Ich glaube, es muss der Schrecken in meiner Stimme gewesen sein, der Mary so anspornte, denn ich bin überzeugt, dass sie diese Höllenkreaturen, die sie verfolgten, noch nicht gesehen hatte.

Wir liefen weiter, meine Schwester voran.

Jeden Moment verrieten mir die sich nähernden Schritte, dass die Bestien uns immer näher kamen. Zum Glück bin ich es gewohnt, in gewisser Weise ein aktives Leben zu führen. Es war so, dass mir die Strapazen des Spezies allmählich schwer zu schaffen machten.

Vor mir konnte ich die Hintertür sehen - glücklicherweise war sie offen. Ich war jetzt etwa ein halbes Dutzend Meter hinter Mary, und mein Atem stockte mir im Hals. Dann berührte etwas meine Schulter. Ich riss schnell den Kopf herum und sah eines dieser monströsen, bleichen Gesichter dicht neben meinem. Eine der Kreaturen, die ihren Begleitern entkommen war, hatte mich fast überholt. Noch während ich mich umdrehte, griff es erneut zu. Mit einer plötzlichen Kraftanstrengung sprang ich zur Seite, schwang meine Waffe am Lauf und ließ sie auf den Kopf der widerlichen Kreatur niederprasseln. Das Ding fiel mit einem fast menschlichen Stöhnen zu Boden.

Selbst diese kurze Verzögerung hätte fast ausgereicht, um den Rest der Bestien auf mich zu hetzen, so dass ich mich ohne eine Sekunde Zeit zu verlieren umdrehte und zur Tür rannte.

Als ich sie erreicht hatte, stürmte ich in den Gang, drehte mich schnell um, schlug die Tür zu und verriegelte sie, gerade als die erste der Kreaturen mit einem plötzlichen Schock dagegen stürzte.

Meine Schwester saß keuchend auf einem Stuhl. Sie schien in einer ohnmächtigen Kondition zu sein, aber ich hatte keine Zeit mehr, mich um sie zu kümmern. Ich musste mich vergewissern, dass alle Türen verriegelt waren. Zum Glück waren sie das. Die Tür, die von meinem Arbeitszimmer in die Gärten führte, war die letzte, zu der ich ging. Ich hatte gerade noch Zeit, mich zu vergewissern, dass sie gesichert war, als ich glaubte, draußen ein Geräusch zu hören. Ich blieb ganz still stehen und lauschte. Ja! Jetzt hörte ich deutlich ein Flüstern, und etwas glitt mit einem kratzenden Geräusch über die Platten. Offensichtlich tasteten einige der Bestien mit ihren Klauenhänden an der Tür herum, um herauszufinden, ob es eine Möglichkeit gab, hineinzukommen.

Dass die Kreaturen die Tür so schnell gefunden hatten, war für mich ein Beweis für ihr Denkvermögen. Es versicherte mir, dass man sie keineswegs als bloße Tiere betrachten durfte. So etwas hatte ich schon einmal empfunden, als das erste Ding durch mein Fenster hereinspähte. Damals hatte ich es als übermenschlich bezeichnet, mit dem fast instinktiven Wissen, dass diese Kreatur etwas anderes war als ein brutales Tier. Etwas, das über das Menschliche hinausgeht, aber nicht im guten Sinne, sondern eher als etwas, das dem Großen und Guten in der Menschheit feindlich gegenübersteht. Mit einem Wort, etwas Intelligentes und doch Unmenschliches. Allein der Gedanke an diese Kreaturen erfüllte mich mit Abscheu.

Ich dachte an meine Schwester, ging zum Schrank und holte eine Flasche Brandy und ein Weinglas heraus. Damit ging ich in die Küche und nahm eine brennende Kerze mit. Sie saß nicht auf dem Stuhl, sondern war herausgefallen und lag mit dem Gesicht nach unten auf dem Boden.

Ganz vorsichtig drehte ich sie um und hob ihren Kopf etwas an. Dann goss ich ihr ein wenig von dem Brandy zwischen die Lippen. Nach einer Weile zitterte sie leicht. Wenig später stieß sie mehrere Atemzüge aus und öffnete ihre Augen. Verträumt und unwirklich sah sie mich an. Dann schlossen sich ihre Augen langsam und ich gab ihr etwas mehr von dem Brandy. Sie lag vielleicht noch eine Minute lang still da und atmete schnell. Plötzlich öffneten sich ihre Augen wieder, und es schien mir, als wären ihre Pupillen geweitet, als wäre mit dem zurückkehrenden Bewusstsein auch die Angst gekommen. Dann, mit einer so unerwarteten Bewegung, dass ich zurückwich, setzte sie sich auf. Als ich bemerkte, dass ihr schwindlig zu sein schien, streckte ich meine Hand aus, um sie zu beruhigen. Daraufhin stieß sie einen lauten Schrei aus und rannte aus dem Zimmer, indem sie auf die Füße kletterte.

Einen Moment lang blieb ich dort stehen - auf den Knien und mit der Brandyfla-sche in der Hand. Ich war völlig verwirrt und erstaunt.

Konnte sie Angst vor mir haben? Aber nein! Warum sollte sie? Ich konnte nur zu dem Schluss kommen, dass ihre Nerven schwer angeschlagen waren und dass sie vorübergehend aus den Angeln gehoben war. Oben hörte ich ein lautes Klopfen an der Tür und ich wusste, dass sie sich in ihr Zimmer geflüchtet hatte. Ich stellte den Flachmann auf dem Tisch ab. Meine Aufmerksamkeit wurde durch ein Geräusch in Richtung der Hintertür abgelenkt. Ich ging darauf zu und lauschte. Es schien zu wackeln, als ob einige der Kreaturen lautlos daran rüttelten; aber sie war viel zu stark gebaut und aufgehängt, um sich leicht bewegen zu lassen.

Draußen in den Gärten ertönte ein kontinuierliches Geräusch. Es hätte von einem zufälligen Zuhörer für das Grunzen und Quieken einer Schweineherde gehalten wer-den können. Aber als ich dort stand, wurde mir klar, dass all diese schweinischen Geräusche einen Sinn und eine Bedeutung hatten. Allmählich schien ich darin eine Ähnlichkeit mit menschlicher Sprache zu erkennen - klebrig und klebrig, als ob jede Artikulation mühsam zustande käme. Dennoch war ich zunehmend davon über-zeugt, dass es sich nicht um eine bloße Aneinanderreihung von Geräuschen han-delte, sondern um einen schnellen Austausch von Ideen.

Inzwischen war es in den Gängen ziemlich dunkel geworden, und von dort kamen all die verschiedenen Schreie und Stöhngeräusche, von denen ein altes Haus nach Einbruch der Dunkelheit so voll ist. Es liegt zweifellos daran, dass es dann ruhiger ist und man mehr Zeit zum Hören hat. Es mag auch etwas an der Theorie dran sein, dass der plötzliche Temperaturwechsel bei Sonnenuntergang die Struktur des Hauses etwas beeinflusst - es zieht sich zusammen und legt sich sozusagen für die Nacht. Wie dem auch sei, aber gerade in dieser Nacht wäre ich froh gewesen, wenn ich nicht so viele unheimliche Geräusche gehört hätte. Es schien mir, als käme mit jedem Knacken und Knarren eines dieser Dinge durch die dunklen Gänge, obwohl ich in meinem Herzen wusste, dass das nicht sein konnte, denn ich hatte selbst gesehen, dass alle Türen gesichert waren.

Allmählich gingen mir diese Geräusche jedoch so sehr auf die Nerven, dass ich, und sei es nur, um meine Feigheit zu bestrafen, das Gefühl hatte, ich müsse noch einmal die Runde durch den Keller machen und mich dem Ding stellen, wenn es dort wäre. Und dann würde ich in mein Arbeitszimmer gehen, denn ich wusste, dass an Schlaf nicht zu denken war, da das Haus von Kreaturen umgeben war, die halb Tier, halb etwas anderes und völlig unheilig waren.

Ich nahm die Küchenlampe von ihrem Haken und bahnte mir einen Weg von Keller zu Keller und von Zimmer zu Zimmer, durch Vorratskammern und Kohlen-löcher, durch Gänge und in die hundertundein kleinen Sackgassen und versteckten Winkel, die den Keller des alten Hauses bilden. Dann, als ich wusste, dass ich in jeder Ecke und jedem Versteck gewesen war, das groß genug war, um etwas zu ver-bergen, machte ich mich auf den Weg zur Treppe.

Als ich den Fuß auf die erste Stufe setzte, hielt ich inne. Es schien mir, als hörte ich eine Bewegung, offenbar aus der Butterei, die sich links von der Treppe befindet. Es war einer der ersten Orte, die ich abgesucht hatte, und doch war ich sicher, dass meine Ohren mich nicht getäuscht hatten. Meine Nerven waren jetzt angespannt, und ohne zu zögern trat ich zur Tür und hielt die Lampe über meinen Kopf. Mit einem Blick sah ich, dass der Raum leer war, abgesehen von den schweren Steinplatten, die von Backsteinsäulen gestützt wurden, und ich wollte gerade gehen, weil ich überzeugt war, dass ich mich geirrt hatte, als ich mich umdrehte und mein Licht von zwei hellen Punkten außerhalb des Fensters und hoch oben zurückgeworfen wurde. Ein paar Augenblicke lang stand ich da und starrte sie an. Dann bewegten sie sich - sie drehten sich langsam und warfen abwechselnd ein grünes und ein rotes Flimmern aus; zumindest erschien es mir so. Da wusste ich, dass es Augen waren.

Langsam zeichnete ich die schemenhaften Umrisse eines der Dinge nach. Es schien sich an den Gitterstäben des Fensters festzuhalten, und seine Haltung ließ auf Klettern schließen. Ich ging näher an das Fenster heran und hielt das Licht höher. Es brauchte keine Angst vor dem Wesen zu haben; die Gitterstäbe waren stark und es bestand kaum die Gefahr, dass es sie bewegen konnte. Und plötzlich, trotz der Gewissheit, dass die Bestie nicht in der Lage war, mir etwas anzutun, überkam mich wieder das schreckliche Gefühl der Angst, das mich in jener Nacht eine Woche zuvor überfallen hatte. Es war dasselbe Gefühl von hilflosem, schauderndem Schrecken. Ich erkannte nur schemenhaft, dass die Augen der Kreatur mich mit einem festen, unwiderstehlichen Blick ansahen. Ich versuchte, mich abzuwenden, konnte es aber nicht. Ich schien das Fenster durch einen Nebel zu sehen. Dann, so dachte ich, kamen andere Augen und spähten, und noch andere, bis eine ganze Galaxie bösartiger, starrender Kugeln mich in ihren Bann zu ziehen schien.

Mein Kopf begann zu schwimmen und heftig zu pochen. Dann wurde ich mir eines akuten körperlichen Schmerzes in meiner linken Hand bewusst. Es wurde immer stärker und zwang mich buchstäblich zu Aufmerksamkeit. Mit einer gewaltigen Anstrengung blickte ich nach unten, und damit war der Bann, der mich gefangen gehalten hatte, gebrochen. Da wurde mir klar, dass ich in meiner Aufregung unbewusst nach dem heißen Lampenglas gegriffen und mir die Hand schlimm verbrannt hatte. Ich schaute wieder zum Fenster hinauf. Der Nebel war verschwunden, und jetzt sah ich, dass es mit Dutzenden von bestialischen Gesichtern bevölkert war. In einem plötzlichen Anfall von Wut hob ich die Lampe und schleuderte sie mit voller Wucht gegen das Fenster. Es traf das Glas (und zerschlug eine Scheibe) und flog zwischen zwei Gitterstäben hindurch in den Garten hinaus, wobei es brennendes Öl verstreute. Ich hörte mehrere laute Schmerzensschreie und als sich mein Blick an die Dunkelheit gewöhnte, stellte ich fest, dass die Kreaturen das Fenster verlassen hatten.

Ich riss mich zusammen, tastete nach der Tür und als ich sie gefunden hatte, machte ich mich auf den Weg nach oben, wobei ich bei jedem Schritt stolperte. Ich fühlte mich benommen, als hätte ich einen Schlag auf den Kopf bekommen. Gleichzeitig schmerzte meine Hand stark und ich war von einer nervösen, dumpfen Wut auf diese Dinge erfüllt.

Als ich mein Arbeitszimmer erreichte, zündete ich die Kerzen an. Als sie abbrannten, spiegelten sich ihre Strahlen auf dem Waffenständer an der Wand. Bei diesem Anblick erinnerte ich mich daran, dass ich dort eine Kraft besaß, die, wie ich bereits bewiesen hatte, für diese Monster ebenso tödlich war wie für gewöhnliche Tiere, und ich beschloss, in die Offensive zu gehen.

Als Erstes verband ich meine Hand, denn der Schmerz wurde schnell unerträglich. Danach schien es einfacher zu sein, und ich durchquerte den Raum zum Gewehrständer. Dort wählte ich ein schweres Gewehr, eine alte und bewährte Waffe, und nachdem ich mir Munition besorgt hatte, machte ich mich auf den Weg in einen der kleinen Türme, mit denen das Haus gekrönt ist.

Von dort aus stellte ich fest, dass ich nichts sehen konnte. Die Gärten waren nur ein verschwommener Fleck aus Schatten - vielleicht etwas schwärzer, wo die Bäume standen. Das war alles, und ich wusste, dass es sinnlos war, in diese Dunkelheit hinunterzuschießen. Das Einzige, was ich tun konnte, war, auf den Mondaufgang zu warten; dann konnte ich vielleicht eine kleine Exekution durchführen.

In der Zwischenzeit saß ich still und hielt meine Ohren offen. In den Gärten war es jetzt verhältnismäßig ruhig, und nur gelegentlich hörte ich ein Grunzen oder Quietschen. Diese Stille gefiel mir nicht; es ließ mich darüber nachdenken, welche Teufelei die Kreaturen im Schilde führten. Zweimal verließ ich den Turm und machte einen Spaziergang durch das Haus, aber alles war still.

Einmal hörte ich ein Geräusch aus der Richtung der Grube, als ob noch mehr Erde gefallen wäre. Danach gab es für etwa fünfzehn Minuten einen Aufruhr unter den Bewohnern der Gärten. Die Aufregung verebbte, und danach war alles wieder ruhig.

Etwa eine Stunde später zeigte sich das Licht des Mondes über dem fernen Horizont. Von dort, wo ich saß, konnte ich ihn über den Bäumen sehen, aber erst, als er über ihnen aufging, konnte ich Einzelheiten in den Gärten unter mir erkennen. Selbst dann konnte ich keine der Bestien sehen, bis ich zufällig mit dem Kran nach vorne kletterte und mehrere von ihnen auf dem Bauch liegend an der Wand des Hauses sah. Was sie da taten, konnte ich nicht ausmachen. Es war jedoch eine zu gute Gelegenheit, um sie zu ignorieren, und ich zielte auf den, der direkt unter mir lag. Ein schriller Schrei ertönte, und als sich der Rauch verzogen hatte, sah ich, dass es sich auf den Rücken gedreht hatte und sich kraftlos krümmte. Dann war es still. Die anderen waren verschwunden.

Unmittelbar danach hörte ich ein lautes Quieken in Richtung der Grube. Es wurde hundertmal aus allen Teilen des Gartens beantwortet. Das gab mir eine Vorstellung von der Nummer der Kreaturen, und ich begann zu spüren, dass die ganze Angelegenheit noch ernster wurde, als ich es mir vorgestellt hatte.

Während ich schweigend und wachsam dasaß, kam mir der Gedanke: Warum war das alles so? Was waren das für Dinge? Was hatte es zu bedeuten? Dann flogen meine Gedanken zurück zu dieser Vision (obwohl ich selbst jetzt bezweifle, dass es eine Vision war) von der Ebene des Schweigens. Was hatte das zu bedeuten? Ich fragte mich - und dieses Ding in der Arena? Igitt! Schließlich dachte ich an das Haus, das ich an diesem weit entfernten Ort gesehen hatte. Jenes Haus, das diesem in jeder Einzelheit der äußeren Struktur so ähnlich war, dass es ihm hätte nachempfunden sein können; oder dieses dem anderen. Daran hatte ich nie gedacht.

In diesem Moment ertönte ein weiterer langer Schrei aus der Grube, dem eine Sekunde später ein paar kürzere folgten. Auf einmal war der Garten erfüllt von den Schreien der anderen. Ich stand schnell auf und blickte über die Brüstung. Im Mondlicht schien es, als ob die Sträucher lebendig wären. Sie schwankten hin und her, als würden sie von einem starken, unregelmäßigen Wind geschüttelt, während ein ständiges Rascheln und ein Geräusch von huschenden Füßen zu mir heraufdrang. Mehrmals sah ich das Mondlicht auf rennenden, weißen Gestalten im Gebüsch schimmern, und zweimal schoss ich. Beim zweiten Mal wurde mein Schuss mit einem kurzen Schmerzensschrei beantwortet.

Eine Minute später war es still in den Gärten. Aus der Grube ertönte ein tiefes, heiseres Babel von Schweinesprech. Manchmal ertönten wütende Schreie, die von einer Vielzahl von Grunzlauten beantwortet wurden. Es kam mir so vor, als hielten sie eine Art Rat ab, vielleicht um das Problem des Eindringens in das Haus zu besprechen. Außerdem dachte ich, dass sie sehr wütend zu sein schienen, wahrscheinlich durch meine erfolgreichen Schüsse.

Es kam mir in den Sinn, dass jetzt ein guter Zeitpunkt wäre, um einen letzten Überblick über unsere Verteidigungsanlagen zu gewinnen. Das tat ich dann auch sofort, indem ich den gesamten Keller noch einmal durchsuchte und jede einzelne Tür untersuchte. Glücklicherweise sind sie alle, wie die hintere, aus solider, eisenbeschlagener Eiche gebaut. Dann ging ich die Treppe hinauf ins Arbeitszimmer. Diese Tür hat mir mehr Sorgen bereitet. Es ist offensichtlich ein moderneres Modell als die anderen, und obwohl es ein solides Stück Arbeit ist, hat es wenig von ihrer schwerfälligen Stärke.

Ich muss an dieser Stelle erklären, dass sich auf dieser Seite des Hauses ein kleiner, erhöhter Rasen befindet, auf den diese Tür führt - die Fenster des Arbeitszimmers sind aus diesem Grund vergittert. Alle anderen Eingänge - mit Ausnahme der großen Pforte, die nie geöffnet wird - befinden sich im unteren Stockwerk.

VII. DER ANGRIFF

Ich verbrachte einige Zeit damit, darüber nachzudenken, wie ich die Tür zum Arbeitszimmer verstärken könnte. Schließlich ging ich hinunter in die Küche und holte mit einiger Mühe mehrere schwere Holzstücke herauf. Diese verkeilte ich vom Boden aus schräg gegen die Tür und nagelte sie oben und unten fest. Eine halbe Stunde lang arbeitete ich hart, bis ich es schließlich in meinem Kopf verankert hatte.

Als ich mich dann wohler fühlte, nahm ich meinen Mantel wieder auf, den ich zur Seite gelegt hatte, und kümmerte mich um ein oder zwei Dinge, bevor ich zum Turm zurückkehrte. Es war, während ich so beschäftigt war, als ich ein Fummeln an der Tür hörte, und der Riegel wurde versucht. Ich schwieg und wartete. Bald darauf hörte ich mehrere der Kreaturen draußen. Sie grunzten sich gegenseitig leise an. Dann herrschte eine Minute lang Stille. Plötzlich ertönte ein schnelles, leises Grunzen, und die Tür knarrte unter einem gewaltigen Druck. Es wäre nach innen gesprungen, wenn ich nicht die Stützen angebracht hätte. Die Anspannung hörte so schnell auf, wie sie begonnen hatte, und es wurde wieder geredet.

Plötzlich quietschte eines der Dinge leise und ich hörte, wie sich andere näherten. Es gab eine kurze Konfabulation, dann wieder Stille, und ich erkannte, dass sie noch einige andere zur Hilfe gerufen hatten. Ich spürte, dass dies der entscheidende Moment war und hielt mein Gewehr bereit. Wenn die Tür nachgab, würde ich zumindest so viele wie möglich erschlagen.

Erneut ertönte das leise Signal, und erneut krachte die Tür unter einem gewaltigen Druck. Vielleicht eine Minute lang hielt der Druck an, und ich wartete nervös und erwartete jeden Moment, dass die Tür mit einem Krachen nachgab. Aber nein, die Verstrebungen hielten, und der Versuch war erfolglos. Es folgte ein weiteres schreckliches, grunzendes Gespräch, und während es andauerte, glaubte ich, die Geräusche von Neuankömmlingen zu hören.

Nach einer langen Diskussion, während der die Tür mehrmals gerüttelt wurde, wurden sie wieder ruhig, und ich wusste, dass sie einen dritten Versuch unternehmen würden, sie aufzubrechen. Ich war fast verzweifelt. Die Requisiten waren bei den beiden vorangegangenen Angriffen stark beansprucht worden, und ich hatte große Angst, dass dies zu viel für sie sein würde.

In diesem Moment blitzte wie eine Eingebung ein Gedanke in meinem geplagten Gehirn auf. Sofort, denn es war keine Zeit zum Zögern, rannte ich aus dem Zimmer und eine Treppe nach der anderen hinauf. Diesmal ging ich nicht zu einem der Türme, sondern direkt auf das flache, bleiverglaste Dach. Dort angekommen, rannte ich hinüber zur Brüstung, die es umgibt, und schaute hinunter. Als ich das tat, hörte ich das kurze, gegrunzte Signal, und sogar dort oben hörte ich das Schreien der Tür unter dem Ansturm.

Ich hatte keine Zeit zu verlieren, beugte mich vor, zielte schnell und feuerte. Der Schuss ertönte mit einem scharfen Knall, und das laute Plätschern des Geschosses, das sein Ziel traf, ging fast unter. Von unten ertönte ein schriller Schrei, und die Tür hörte auf zu ächzen. Als ich mein Gewicht von der Brüstung nahm, rutschte ein riesiges Stück der steinernen Verkleidung unter mir weg und fiel mit einem lauten Krachen in das ungeordnete Gedränge unter mir. Mehrere furchtbare Schreie zitterten durch die Nachtluft, und dann hörte ich das Geräusch von huschenden Füßen. Vorsichtig schaute ich hinüber. Im Mondlicht konnte ich den großen Kopingstone sehen, der quer über der Türschwelle lag. Ich glaubte, etwas darunter zu sehen - mehrere weiße Dinge, aber ich war mir nicht sicher.

Und so vergingen ein paar Minuten.

Während ich starrte, sah ich etwas aus dem Schatten des Hauses kommen. Es war eines der Dinger. Es ging lautlos auf den Stein zu und beugte sich hinunter. Ich konnte nicht sehen, was es tat. Nach einer Minute stand es wieder auf. Es hatte etwas in seinen Krallen, das es in sein Maul steckte und an.... riss.

Im ersten Moment begriff ich nichts. Dann, langsam, begriff ich. Das Ding bückte sich wieder. Es war entsetzlich. Ich begann, mein Gewehr zu laden. Als ich wieder hinschaute, zerrte das Monster an dem Stein und bewegte ihn zur Seite. Ich lehnte das Gewehr auf die Kappe und drückte ab. Das Ungetüm brach auf seinem Gesicht zusammen und strampelte leicht.

Fast zeitgleich mit dem Schuss hörte ich ein weiteres Geräusch, das von zerbrechendem Glas. Ich wartete, nur um meine Waffe nachzuladen, und rannte vom Dach und die ersten beiden Stockwerke hinunter.

Hier hielt ich inne, um zu lauschen. Während ich das tat, hörte ich ein weiteres Geräusch von fallendem Glas. Es schien aus der unteren Etage zu kommen. Aufgeregt sprang ich die Treppe hinunter und erreichte, geleitet vom Klappern der Fensterflügel, die Tür eines der leeren Schlafzimmer auf der Rückseite des Hauses. Ich stieß sie auf. Der Raum war nur schwach vom Mondlicht erhellt; das meiste Licht wurde von sich bewegenden Gestalten am Fenster verdunkelt. Noch während ich stand, kroch eine hindurch, in den Raum. Ich richtete meine Waffe aus und schoss aus nächster Nähe auf Es und erfüllte den Raum mit einem ohrenbetäubenden Knall. Als sich der Rauch lichtete, sah ich, dass der Raum leer und das Fenster frei war. Der Raum war viel heller. Die Nachtluft wehte kalt durch die zerbrochenen Scheiben herein. Unten, in der Nacht, hörte ich ein leises Stöhnen und ein wirres Gemurmel von Schweinestimmen.

Ich trat an eine Seite des Fensters, lud nach und stand dann da und wartete. Plötzlich hörte ich ein schlurfendes Geräusch. Von dort, wo ich im Schatten stand, konnte ich sehen, ohne gesehen zu werden.

Die Geräusche kamen näher, und dann sah ich, wie etwas über die Fensterbank stieg und nach dem zerbrochenen Fensterrahmen griff. Es verfing sich in einem

Stück der Holzverkleidung, und jetzt konnte ich erkennen, dass es eine Hand und ein Arm war. Einen Moment später kam das Gesicht einer der Schweinekreaturen zum Vorschein. Dann, noch bevor ich mein Gewehr benutzen oder irgendetwas tun konnte, gab es ein scharfes Knacken-cr-ac-k; und der Fensterrahmen gab unter dem Gewicht des Dings nach. Im nächsten Moment verrieten mir ein dumpfer Aufprall und ein lauter Aufschrei, dass es zu Boden gefallen war. In der wilden Hoffnung, dass es getötet worden war, ging ich zum Fenster. Der Mond war hinter einer Wolke verschwunden, so dass ich nichts sehen konnte. Doch ein beständiges Brummen direkt unter mir deutete darauf hin, dass sich noch mehrere dieser Bestien in der Nähe befanden.

Als ich so dastand und nach unten blickte, wunderte ich mich, wie die Kreaturen so weit klettern konnten, denn die Wand ist relativ glatt, während der Abstand zum Boden mindestens achtzig Fuß betragen muss.

Als ich mich bückte und spähte, sah ich auf einmal etwas Undeutliches, das den grauen Schatten der Hauswand mit einer schwarzen Linie durchschnitt. Es zog links am Fenster vorbei, in einer Entfernung von etwa zwei Fuß. Dann erinnerte ich mich, dass es sich um ein Dachrinnenrohr handelte, das vor einigen Jahren dort angebracht worden war, um das Regenwasser abzuleiten. Ich hatte es vergessen. Jetzt war mir klar, wie es den Kreaturen gelungen war, das Fenster zu erreichen. Gerade als mir die Lösung einfiel, hörte ich ein schwaches, schleichendes, kratzendes Geräusch und wusste, dass sich ein weiteres der Tiere näherte. Ich wartete einige Augenblicke, dann lehnte ich mich aus dem Fenster und befühlte das Rohr. Zu meiner Freude stellte ich fest, dass es ziemlich locker war, und es gelang mir, es mit dem Gewehrlauf als Brechstange aus der Wand zu hebeln. Ich arbeitete schnell. Dann griff ich mit beiden Bändern zu, riss das ganze Ding weg und schleuderte es - mit dem Ding, das noch immer daran hing - in den Garten hinunter.

Dort wartete ich noch ein paar Minuten und lauschte, aber nach dem ersten allgemeinen Aufschrei hörte ich nichts mehr. Ich wusste nun, dass es keinen Grund mehr gab, einen Angriff aus diesem Viertel zu befürchten. Ich hatte die einzige Möglichkeit, das Fenster zu erreichen, beseitigt, und da keines der anderen Fenster über ein angrenzendes Wasserrohr verfügte, das die Kletterkünste der Ungeheuer verlockte, wurde ich zuversichtlicher, ihren Fängen zu entkommen.

Ich verließ das Zimmer und machte mich auf den Weg hinunter ins Arbeitszimmer. Ich war gespannt darauf, wie die Tür dem letzten Angriff standgehalten hatte. Ich trat ein, zündete zwei der Kerzen an und wandte mich dann der Tür zu. Eine der großen Stützen war verschoben worden, und auf dieser Seite war die Tür etwa sechs Zoll nach innen gedrückt worden.

Es war eine Fügung des Schicksals, dass es mir gerade noch gelungen war, die Bestien zu vertreiben! Und dieser Kopierstein! Ich fragte mich vage, wie ich es geschafft hatte, es zu entfernen. Ich hatte nicht bemerkt, dass er sich gelöst hatte, als

ich geschossen hatte; und dann, als ich mich aufrichtete, war er unter mir wegge-
rutscht ... Ich hatte das Gefühl, dass ich die Zurückweisung des Angreifers eher seinem rechtzeitigen Sturz verdankte als meinem Gewehr. Dann kam mir der Gedanke,
dass ich diese Gelegenheit besser nutzen sollte, um die Tür wieder zu verriegeln. Es
war offensichtlich, dass die Kreaturen seit dem Fall des Kopingsteins nicht zurückgekehrt waren; aber wer konnte schon sagen, wie lange sie sich fernhalten würden?

Also machte ich mich daran, die Tür zu reparieren - in mühsamer und unruhiger
Arbeit. Zuerst ging ich in den Keller und fand beim Durchstöbern mehrere Stücke
schwerer Eichenbohlen. Mit diesen kehrte ich ins Arbeitszimmer zurück und legte
die Bretter, nachdem ich die Stützen entfernt hatte, an die Tür an. Dann nagelte ich
die Köpfe der Streben daran fest und schlug sie an den Unterseiten gut ein.

Auf diese Weise machte ich die Tür stärker als je zuvor, denn jetzt war sie mit
den Brettern unterlegt und würde, davon war ich überzeugt, einem stärkeren Druck
als bisher standhalten, ohne nachzugeben.

Danach zündete ich die Lampe an, die ich aus der Küche mitgebracht hatte, und
ging hinunter, um einen Blick auf die unteren Fenster zu werfen.

Jetzt, da ich ein Beispiel für die Stärke der Kreaturen gesehen hatte, machte ich
mir große Sorgen um die Fenster im Erdgeschoss - obwohl sie so stark vergittert
waren.

Ich ging zuerst in die Butterei, da ich mich noch lebhaft an mein letztes Abenteuer dort erinnerte. Es war kühl und der Wind, der durch die zerbrochenen Scheiben
hereinwehte, hatte eine unheimliche Note. Abgesehen von der allgemeinen Düsternis war der Ort so, wie ich ihn am Abend zuvor verlassen hatte. Ich ging zum Fenster und sah mir die Gitterstäbe genauer an. Dabei fiel mir auf, dass sie angenehm
dick waren. Doch als ich genauer hinsah, schien es mir, als sei der mittlere Balken
leicht verbogen, aber das war nur eine Kleinigkeit, und es könnte schon seit Jahren
so sein. Ich hatte sie nie zuvor besonders bemerkt.

Ich steckte meine Hand durch das zerbrochene Fenster und schüttelte die Stange.
Es war so fest wie ein Fels. Vielleicht hatten die Kreaturen versucht, es in Gang zu
setzen, und als sie feststellten, dass es nicht in ihrer Macht stand, hatten sie die
Anstrengung aufgegeben. Danach ging ich nacheinander zu allen Fenstern und
untersuchte sie sorgfältig, aber nirgends konnte ich Anzeichen für eine Manipulation
entdecken. Nachdem ich meine Untersuchung beendet hatte, ging ich zurück ins
Arbeitszimmer und schenkte mir einen kleinen Brandy ein. Dann ging ich in den
Turm, um zu wachen.

VIII. NACH DEM ANGRIFF

Es war jetzt etwa drei Uhr nachts, und der östliche Himmel färbte sich blass, als die Morgendämmerung einsetzte. Allmählich brach der Tag an, und in seinem Licht suchte ich ernsthaft die Gärten ab, aber nirgends konnte ich irgendwelche Anzeichen der Bestien entdecken. Ich beugte mich vor und warf einen Blick hinunter zum Fuß der Mauer, um zu sehen, ob die Leiche des Dings, das ich in der Nacht zuvor erschossen hatte, noch da war. Es war verschwunden. Ich nahm an, dass andere der Monster es während der Nacht entfernt hatten.

Dann stieg ich auf das Dach hinunter und ging hinüber zu der Lücke, aus der der Deckstein gefallen war. Als ich es erreicht hatte, schaute ich hinüber. Ja, da war der Stein, so wie ich ihn zuletzt gesehen hatte, aber darunter war nichts zu sehen, und auch die Kreaturen, die ich nach dem Sturz getötet hatte, konnte ich nicht sehen. Offensichtlich waren auch sie weggebracht worden. Ich drehte mich um und ging hinunter in mein Arbeitszimmer. Dort setzte ich mich müde hin. Ich war sehr müde. Es war schon recht hell, obwohl die Sonnenstrahlen noch nicht spürbar heiß waren. Eine Uhr schlug die Stunde vier.

Ich erwachte mit einem Schreck und sah mich hastig um. Die Uhr in der Ecke zeigte an, dass es drei Uhr war. Es war bereits Nachmittag. Ich muss fast elf Stunden lang geschlafen haben.

Mit einer ruckartigen Bewegung setzte ich mich auf den Stuhl und lauschte. Im Haus war es vollkommen still. Langsam stand ich auf und gähnte. Ich fühlte mich immer noch schrecklich müde und setzte mich wieder hin. Ich fragte mich, was es war, das mich geweckt hatte.

Es muss das Schlagen der Uhr gewesen sein, schloss ich daraus und begann einzuschlafen, als mich ein plötzliches Geräusch wieder ins Leben zurückholte. Es war das Geräusch von Schritten, als würde sich jemand vorsichtig den Korridor entlang auf mein Arbeitszimmer zubewegen. Im Handumdrehen war ich auf den Beinen und griff nach meinem Gewehr. Geräuschlos wartete ich. Waren die Kreaturen eingebrochen, während ich schlief? Noch während ich mich das fragte, erreichten die Schritte meine Tür, hielten kurz inne und gingen dann weiter den Gang hinunter. Leise schlich ich mich zur Tür und spähte hinaus. Dann verspürte ich ein Gefühl der Erleichterung, wie es sich für einen begnadigten Verbrecher gehört - es war meine Schwester. Sie war auf dem Weg zur Treppe.

Ich trat in den Flur und wollte gerade nach ihr rufen, als mir einfiel, dass es sehr seltsam war, dass sie sich auf diese heimliche Weise an meiner Tür vorbeigeschlichen hatte. Ich war verwirrt, und einen kurzen Moment lang kam mir der Gedanke, dass es nicht sie war, sondern ein neues Geheimnis des Hauses. Als ich dann einen Blick auf ihren alten Unterrock erhaschte, verging der Gedanke so schnell, wie er gekommen war, und ich lachte halb. Dieses alte Kleidungsstück war nicht zu verwechseln. Dennoch fragte ich mich, was sie vorhatte, und da ich mich an ihre Kondition vom Vortag erinnerte, hielt ich es für das Beste, ihr leise zu folgen - ohne sie zu erschrecken - und zu sehen, was sie vorhatte. Wenn sie sich vernünftig verhielt, schön und gut; wenn nicht, musste ich Maßnahmen ergreifen, um sie zurückzuhalten. In Anbetracht der Gefahr, die uns drohte, konnte ich kein unnötiges Risiko eingehen.

Schnell erreichte ich den Kopf der Treppe und hielt einen Moment inne. Dann hörte ich ein Geräusch, das mich in rasendem Tempo nach unten springen ließ - es war das Klappern von Bolzen, die losgeschossen wurden. Meine törichte Schwester war tatsächlich dabei, die Hintertür zu entriegeln.

Gerade als sie den letzten Riegel in der Hand hatte, erreichte ich sie. Sie hatte mich nicht gesehen und das erste, was sie mitbekam, war, dass ich ihren Arm festhielt. Sie blickte schnell auf, wie ein verängstigtes Tier, und schrie laut auf.

'Komm, Mary!' sagte ich streng, 'was soll dieser Unsinn? Willst du mir sagen, dass du die Gefahr nicht begreifst, dass du unser beider Leben auf diese Weise wegwerfen willst!'

Darauf antwortete sie nichts, sondern zitterte nur heftig, keuchte und schluchzte, als wäre sie im letzten Moment der Angst.

Einige Minuten lang redete ich auf sie ein, wies sie auf die Notwendigkeit von Vorsicht hin und bat sie, tapfer zu sein. Es gäbe jetzt nichts mehr zu befürchten, erklärte ich - und ich versuchte zu glauben, dass ich die Wahrheit sprach -, aber sie müsse vernünftig sein und dürfe das Haus für ein paar Tage nicht verlassen.

Schließlich hörte ich in meiner Verzweiflung auf. Es hatte keinen Sinn, mit ihr zu reden; sie war offensichtlich im Moment nicht ganz sie selbst. Schließlich sagte ich ihr, sie solle lieber auf ihr Zimmer gehen, wenn sie sich nicht vernünftig benehmen könne.

Doch sie beachtete mich gar nicht. Also nahm ich sie kurzerhand auf den Arm und trug sie dorthin. Zuerst schrie sie wie am Spieß, doch als ich die Treppe erreichte, hatte sie sich in ein stilles Zittern verwandelt.

Als ich in ihrem Zimmer ankam, legte ich sie auf ihr Bett. Sie lag ganz ruhig da, sprach nicht und schluchzte nicht, sondern zitterte nur vor Angst. Ich nahm einen Teppich von einem Stuhl in der Nähe und breitete ihn über sie aus. Mehr konnte ich nicht für sie tun und so ging ich hinüber zu Pepper, der in einem großen Korb lag. Meine Schwester hatte sich seit seiner Verwundung um ihn gekümmert, um ihn zu pflegen, denn es hatte sich als schlimmer erwiesen, als ich gedacht hatte, und ich stellte erfreut fest, dass sie sich trotz ihres Gemütszustandes sorgfältig um den alten Hund gekümmert hatte. Ich bückte mich und sprach mit ihm. Als Antwort leckte er mir schwach die Hand ab. Er war zu krank, um mehr zu tun.

Dann ging ich zum Bett, beugte mich über meine Schwester und fragte sie, wie sie sich fühle. Aber sie zitterte nur noch mehr, und so sehr es mich auch schmerzte, musste ich zugeben, dass meine Anwesenheit sie noch schlimmer zu machen schien.

Und so verließ ich sie, schloss die Tür ab und steckte den Schlüssel ein. Es schien mir die einzige Möglichkeit zu sein.

Den Rest des Tages verbrachte ich zwischen dem Turm und meinem Arbeitszimmer. Zum Essen holte ich mir ein Brot aus der Speisekammer, und davon und von etwas Wein lebte ich an diesem Tag.

Es war ein langer, anstrengender Tag. Wenn ich nur in die Gärten hätte gehen können, wie es meine Gewohnheit ist, wäre ich zufrieden gewesen; aber in diesem stillen Haus eingesperrt zu sein, ohne Begleitung, außer einer verrückten Frau und einem kranken Hund, war genug, um die Nerven der Hartgesottensten zu strapazieren. Und draußen in den verworrenen Sträuchern, die das Haus umgaben, lauerten - soweit ich das beurteilen konnte - diese höllischen Schweinekreaturen auf ihre Chance. War jemals ein Mann in einer solchen Notlage?

Einmal, am Nachmittag, und später noch einmal, besuchte ich meine Schwester. Beim zweiten Mal fand ich sie bei Pepper, aber als ich mich ihr näherte, rutschte sie unauffällig in die hinterste Ecke, mit einer Geste, die mich unglaublich traurig machte. Armes Mädchen! Ihre Angst schmerzte mich unerträglich, und ich wollte sie nicht unnötig stören. Ich vertraute darauf, dass es ihr in ein paar Tagen besser gehen würde. In der Zwischenzeit konnte ich nichts tun, und ich hielt es nach wie vor für notwendig - so hart es auch schien -, sie in ihrem Zimmer zu behalten. Eine Sache machte mir Mut: Sie hatte etwas von dem Essen gegessen, das ich ihr bei meinem ersten Besuch gebracht hatte.

Und so verging der Tag.

Als es Abend wurde, wurde die Luft kühl und ich begann, Vorbereitungen für eine zweite Nacht im Turm zu treffen - ich nahm zwei zusätzliche Gewehre und einen schweren Pullover mit. Die Gewehre lud ich und legte sie neben die anderen, denn ich wollte es für die Kreaturen, die in der Nacht auftauchen würden, warm haben. Ich hatte reichlich Munition und wollte den Bestien eine Lektion erteilen, um ihnen zu zeigen, dass es sinnlos war, zu versuchen, gewaltsam einzudringen.

Danach machte ich noch einmal einen Rundgang durch das Haus und achtete dabei besonders auf die Stützen, die die Tür zum Arbeitszimmer stützten. Als ich das Gefühl hatte, alles getan zu haben, was in meiner Macht stand, um unsere Sicherheit zu gewährleisten, kehrte ich zum Turm zurück und stattete meiner Schwester und Pepper auf dem Weg dorthin einen letzten Besuch ab. Pepper schlief noch, wachte aber auf, als ich eintrat, und wedelte anerkennend mit dem Schwanz. Ich hatte den Eindruck, dass es ihm etwas besser ging. Meine Schwester lag auf dem Bett, aber ob sie schlief oder nicht, konnte ich nicht sagen, und so verließ ich sie.

Als ich den Turm erreichte, machte ich es mir so bequem, wie es die Umstände zuließen, und ließ mich nieder, um die Nacht zu beobachten. Allmählich brach die Dunkelheit herein, und bald verschmolzen die Details der Gärten zu Schatten. In den ersten Stunden saß ich wachsam da und lauschte auf jedes Geräusch, das mir verraten könnte, ob sich unten etwas rührte. Es war viel zu dunkel, als dass meine Augen etwas hätten ausrichten können.

Langsam vergingen die Stunden, ohne dass etwas Ungewöhnliches geschah. Dann ging der Mond auf und zeigte die Gärten, die scheinbar leer und still waren. Und so ging es durch die Nacht, ohne Störung oder Geräusch.

Gegen Morgen fing ich an, steif und kalt zu werden, weil ich so lange gewacht hatte. Außerdem wurde ich sehr unruhig, was die anhaltende Ruhe der Kreaturen anging. Ich misstraute ihnen und hätte es viel lieber gesehen, wenn sie das Haus offen angegriffen hätten. Dann hätte ich wenigstens meine Gefahr gekannt und ihr begegnen können. Aber so eine ganze Nacht lang zu warten und sich alle möglichen unbekannten Teufeleien auszumalen, war eine Gefahr für den eigenen Verstand. Ein oder zwei Mal kam mir der Gedanke, dass sie vielleicht gegangen waren, aber in meinem Herzen war es unmöglich, das zu glauben.

IX. IN DEN KELLERN

Schließlich beschloss ich, vor lauter Müdigkeit, Kälte und Unbehagen einen Spaziergang durch das Haus zu machen und zuerst im Arbeitszimmer nach einem Glas Brandy zu fragen, um mich aufzuwärmen. Das tat ich, und während ich dort war, untersuchte ich die Tür sorgfältig, fand aber alles so vor, wie ich es am Abend zuvor verlassen hatte.

Der Tag brach gerade an, als ich den Turm verließ. Es war allerdings noch zu dunkel im Haus, um ohne Licht etwas sehen zu können, und ich nahm eine der Kerzen aus dem Arbeitszimmer mit auf meine Runde. Als ich mit dem Erdgeschoss fertig war, drang das Tageslicht bereits schwach durch die vergitterten Fenster. Meine Suche hatte mir nichts Neues gezeigt. Alles schien in Ordnung zu sein, und ich wollte gerade meine Kerze löschen, als mir der Gedanke kam, mich noch einmal in den Kellern umzusehen. Wenn ich mich recht erinnere, war ich seit meiner hastigen Suche am Abend des Überfalls nicht mehr in ihnen gewesen.

Vielleicht eine halbe Minute lang zögerte ich. Ich wäre gerne bereit gewesen, auf die Aufgabe zu verzichten - und ich bin geneigt zu glauben, dass das jeder Mann tun würde - denn von allen großen, furchteinflößenden Räumen in diesem Haus sind die Keller die größten und unheimlichsten. Große, düstere Höhlen, die von keinem einzigen Tageslicht erhellt werden. Doch ich wollte mich nicht vor der Arbeit drücken. Ich hatte das Gefühl, dass es nach purer Feigheit riechen würde. Außerdem, so versicherte ich mir, waren die Keller wirklich die unwahrscheinlichsten Orte, an denen man auf etwas Gefährliches stoßen könnte, wenn man bedenkt, dass sie nur durch eine schwere Eichentür betreten werden können, deren Schlüssel ich immer bei mir trage.

Es ist der kleinste dieser Orte, an dem ich meinen Wein aufbewahre, ein düsteres Loch am Fuße der Kellertreppe, über das ich nur selten hinausgegangen bin. In der Tat bezweifle ich, dass ich, abgesehen von dem bereits erwähnten Durchstöbern, jemals zuvor in den Kellern gewesen bin.

Als ich die große Tür am oberen Ende der Treppe aufschloss, hielt ich angesichts des seltsamen, trostlosen Geruchs, der mir in die Nase stieg, nervös einen Moment inne. Dann warf ich den Lauf meiner Waffe nach vorne und stieg langsam in die Dunkelheit der unterirdischen Regionen hinab.

Am Fuß der Treppe angekommen, blieb ich eine Minute stehen und lauschte. Alles war still, bis auf ein leises Tröpfeln von Wasser, das irgendwo zu meiner Linken Tropfen für Tropfen herunterfiel. Als ich so dastand, bemerkte ich, wie leise die Kerze brannte; kein Flackern oder Flackern, so windstill war es hier.

Leise ging ich von Keller zu Keller. Ich hatte nur noch eine sehr schwache Erinnerung an die Einrichtung. Die Eindrücke, die meine erste Suche hinterlassen hatte, waren verschwommen. Ich erinnerte mich an eine Reihe von großen Kellern und an einen, der größer war als die anderen und dessen Dach von Säulen getragen wurde. Doch jetzt war es anders, denn obwohl ich nervös war, war ich ausreichend gesammelt, um mich umzusehen und die Struktur und Größe der verschiedenen Gewölbe, die ich betrat, zu erkennen.

Natürlich war es bei dem wenigen Licht, das meine Kerze spendete, nicht möglich, jede Stelle genau zu untersuchen, aber ich konnte beim Vorbeigehen feststellen, dass die Wände mit wunderbarer Präzision und Sorgfalt gebaut zu sein schienen, während hier und da ein massiver Pfeiler in die Höhe schoss, um das Gewölbedach zu stützen.

So kam ich schließlich zu dem großen Keller, an den ich mich erinnerte. Es ist durch einen riesigen, gewölbten Eingang zu erreichen, an dem ich seltsame, fantastische Schnitzereien entdeckte, die im Licht meiner Kerze seltsame Schatten warfen. Als ich so dastand und sie nachdenklich betrachtete, fiel mir auf, wie seltsam es war, dass ich mein eigenes Haus so wenig kannte. Doch das ist leicht zu verstehen, wenn man sich die Größe dieses alten Gemäuers vor Augen führt und die Tatsache, dass nur meine alte Schwester und ich darin leben und nur einige wenige Zimmer bewohnen, je nach unseren Bedürfnissen.

Ich hielt das Licht hoch und ging weiter in den Keller, hielt mich rechts und schritt langsam nach oben, bis ich das Ende erreichte. Ich ging leise und schaute mich vorsichtig um, während ich ging. Aber soweit das Licht reichte, sah ich nichts Ungewöhnliches.

Oben angekommen, wandte ich mich nach links, immer noch an der Wand entlang, und so ging ich weiter, bis ich die gesamte große Kammer durchquert hatte. Als ich weiterging, bemerkte ich, dass der Boden aus festem Gestein bestand, das an einigen Stellen mit feuchtem Schimmel bedeckt war, an anderen Stellen war er kahl oder fast kahl, bis auf eine dünne Schicht aus hellgrauem Staub.

Ich war an der Tür stehen geblieben. Jetzt drehte ich mich jedoch um und ging in der Mitte des Raumes nach oben, wobei ich zwischen den Säulen hindurchging und nach rechts und links blickte, während ich mich bewegte. Etwa auf halber Höhe des Kellers stieß ich mit dem Fuß an etwas, das ein metallisches Geräusch von sich gab. Ich bückte mich schnell, hielt die Kerze und sah, dass der Gegenstand, gegen den ich getreten hatte, ein großer Metallring war. Ich beugte mich hinunter, um ihn vom Staub zu befreien, und entdeckte, dass es sich um eine schwere Falltür handelte, die schwarz vor Alter war.

Ich war aufgeregt und fragte mich, wohin sie führen könnte. Ich legte meine Waffe auf den Boden, steckte die Kerze in den Abzugsbügel, nahm den Ring in beide Hände und zog. Die Falle knarrte laut - das Geräusch hallte vage durch den riesigen Raum - und öffnete sich schwer.

Ich stützte die Kante auf mein Knie, griff nach der Kerze und hielt sie in die Öffnung, bewegte sie nach rechts und links, konnte aber nichts sehen. Ich war verwirrt und überrascht. Es gab keine Anzeichen von Schritten, nicht einmal den Anschein, dass es jemals welche gegeben hatte. Nichts, außer einer leeren Schwärze. Ich hätte in einen boden- und seitenlosen Brunnen blicken können. Und dann, während ich noch ratlos vor mich hin starrte, schien ich weit unten, wie aus ungeahnten Tiefen, ein leises Flüstern zu hören. Schnell beugte ich meinen Kopf weiter in die Öffnung und lauschte angestrengt. Es mag Einbildung gewesen sein, aber ich hätte schwören können, ein leises Kichern gehört zu haben, das sich zu einem hässlichen Glucksen ausweitete, schwach und weit entfernt. Erschrocken sprang ich zurück und ließ die Falle mit einem hohlen Klirren fallen, das den Raum mit einem Echo erfüllte. Selbst in diesem Moment schien ich dieses spöttische, angedeutete Lachen zu hören, aber ich wusste, dass ich mir das nur einbildete. Das Geräusch, das ich gehört hatte, war viel zu leise, um durch die hölzerne Falle zu dringen.

Eine ganze Minute lang stand ich zitternd da und blickte nervös nach hinten und nach vorne, aber der große Keller war still wie ein Grab, und allmählich schüttelte ich das Gefühl der Angst ab. Als sich mein Gemüt beruhigt hatte, wurde ich wieder neugierig darauf, wohin diese Falle führte, aber ich konnte nicht genug Mut aufbringen, um weitere Nachforschungen anzustellen. Ich hatte jedoch das Gefühl, dass die Falle gesichert werden musste. Das tat ich, indem ich mehrere große Stücke "bearbeiteten" Steins darauf legte, die mir bei meinem Rundgang entlang der Ostwand aufgefallen waren.

Dann, nach einer abschließenden Untersuchung des restlichen Ortes, ging ich den Weg durch die Keller zurück zur Treppe und erreichte so das Tageslicht, mit einem unendlichen Gefühl der Erleichterung, dass die unangenehme Aufgabe erledigt war.

X. DIE ZEIT DES WARTENS

Die Sonne schien nun warm und hell und bildete einen wundersamen Kontrast zu den dunklen und düsteren Kellern. Es war mit vergleichsweise leichten Gefühlen, dass ich mich auf den Weg zum Turm machte, um die Gärten zu begutachten. Dort fand ich alles ruhig vor und ging nach ein paar Minuten hinunter in Marys Zimmer.

Nachdem ich geklopft und eine Antwort erhalten hatte, schloss ich die Tür auf. Meine Schwester saß ruhig auf dem Bett, als würde sie warten. Sie schien wieder ganz sie selbst zu sein und machte keine Anstalten, sich zu entfernen, als ich mich ihr näherte. Dennoch bemerkte ich, dass sie mein Gesicht ängstlich abtastete, als hätte sie Zweifel und wäre sich halb sicher, dass sie nichts von mir zu befürchten hatte.

Auf meine Frage, wie sie sich fühle, antwortete sie ganz vernünftig, dass sie hungrig sei und gerne hinuntergehen würde, um das Frühstück vorzubereiten, wenn ich nichts dagegen hätte. Eine Minute lang überlegte ich, ob es sicher wäre, sie rauszulassen. Schließlich sagte ich ihr, sie könne gehen, unter der Bedingung, dass sie verspreche, nicht zu versuchen, das Haus zu verlassen oder sich an einer der Außentüren zu schaffen zu machen. Als ich die Türen erwähnte, bekam sie einen plötzlichen Schreckensblick, sagte aber nichts, sondern gab nur ihr Versprechen und verließ dann schweigend den Raum.

Ich überquerte die Etage und näherte mich Pepper. Er war aufgewacht, als ich eintrat, hatte sich aber abgesehen von einem leichten Jaulen vor Freude und einem leisen Klopfen mit dem Schwanz ruhig verhalten. Als ich ihn nun tätschelte, versuchte er aufzustehen, was ihm auch gelang, nur um dann mit einem kleinen Schmerzensjaulen auf die Seite zu fallen.

Ich sprach mit ihm und forderte ihn auf, still zu liegen. Ich war sehr erfreut über seine Besserung und auch über die natürliche Freundlichkeit des Herzens meiner Schwester, die sich trotz ihrer Kondition so gut um ihn kümmerte. Nach einer Weile verließ ich ihn und ging die Treppe hinunter in mein Arbeitszimmer.

Wenig später erschien Mary mit einem Tablett, auf dem ein warmes Frühstück rauchte. Als sie den Raum betrat, sah ich, wie ihr Blick auf die Stützen der Tür zum Arbeitszimmer fiel; ihre Lippen spitzten sich und ich glaubte, dass sie leicht blass wurde, aber das war alles. Sie stellte das Tablett an meinem Ellbogen ab und verließ leise den Raum, als ich sie zurückrief. Es schien, als sei sie ein wenig zaghaft, als sei sie erschrocken, und ich bemerkte, dass ihre Hand sich nervös an ihre Schürze klammerte.

'Komm, Mary', sagte ich. 'Kopf hoch! Die Dinge sehen besser aus. Seit gestern früh habe ich keine der Kreaturen mehr gesehen.'

Sie sah mich seltsam verwirrt an, als würde sie es nicht begreifen. Dann kamen Intelligenz und Angst in ihre Augen, aber sie sagte nichts, außer einem unverständlichen Gemurmel der Zustimmung. Danach schwieg ich, denn es war offensichtlich, dass jede Erwähnung der Schweinedinge mehr war, als ihre geschüttelten Nerven ertragen konnten.

Nach dem Frühstück ging ich zum Turm hinauf. Hier hielt ich während des größten Teils des Tages eine strenge Wache über die Gärten. Ein- oder zweimal ging ich hinunter in den Keller, um zu sehen, wie es meiner Schwester ging. Jedes Mal fand ich sie ruhig und seltsam unterwürfig vor. Bei der letzten Gelegenheit wagte sie es sogar, mich von sich aus auf eine Haushaltsangelegenheit anzusprechen, die ihrer Aufmerksamkeit bedurfte. Obwohl dies mit einer fast außergewöhnlichen Schüchternheit geschah, freute ich mich darüber, denn es war das erste Wort, das sie freiwillig sprach, seit dem kritischen Moment, als ich sie dabei erwischt hatte, wie sie die Hintertür aufgeschlossen hatte, um zwischen den wartenden Bestien hinauszugehen. Ich fragte mich, ob sie sich ihres Versuchs bewusst war und wie knapp es gewesen war, aber ich verzichtete darauf, sie zu befragen, weil ich es für das Beste hielt, sie in Ruhe zu lassen.

In dieser Nacht schlief ich in einem Bett, das erste Mal seit zwei Nächten. Am Morgen stand ich früh auf und machte einen Spaziergang durch das Haus. Alles war so, wie es sein sollte, und ich stieg auf den Turm, um einen Blick auf die Gärten zu werfen. Auch hier fand ich vollkommene Ruhe.

Als ich Mary beim Frühstück traf, war ich sehr erfreut zu sehen, dass sie sich so weit wieder gefangen hatte, dass sie mich auf ganz natürliche Weise begrüßen konnte. Sie redete vernünftig und leise, wobei sie sich sorgfältig davor hütete, die vergangenen Tage zu erwähnen. Ich tat ihr den Gefallen und versuchte nicht, das Gespräch in diese Richtung zu lenken.

Am frühen Morgen hatte ich Pepper besucht. Er war auf dem Weg der Besserung und meinte, dass er in ein oder zwei Tagen wieder ernsthaft auf den Beinen sein würde. Bevor ich den Frühstückstisch verließ, erwähnte ich seine Besserung. In dem kurzen Gespräch, das folgte, entnahm ich den Bemerkungen meiner Schwester zu meiner Überraschung, dass sie immer noch der Meinung war, seine Wunde sei von der Wildkatze, die ich erfunden hatte, verursacht worden. Es ließ mich fast beschämt werden, dass ich sie getäuscht hatte. Doch ich hatte die Lüge erzählt, um sie nicht zu verängstigen. Und dann war ich mir sicher, dass sie später, als diese Bestien das Haus angegriffen hatten, die Wahrheit erfahren hatte.

Den ganzen Tag über war ich auf der Hut und verbrachte die meiste Zeit, wie schon am Vortag, im Turm, aber ich konnte weder ein Zeichen der Schweinekreaturen sehen, noch ein Geräusch hören. Mehrmals kam mir der Gedanke, dass die Dinger uns endlich verlassen hatten, aber bis zu diesem Zeitpunkt hatte ich mich geweigert, diesen Gedanken ernsthaft in Erwägung zu ziehen; jetzt jedoch begann ich zu spüren, dass es Grund zur Hoffnung gab. Es würde bald drei Tage dauern, bis ich die Dinger wiedersehen würde, aber ich hatte trotzdem vor, mit äußerster Vorsicht vorzugehen. Nach allem, was ich wusste, könnte dieses lange Schweigen eine List sein, um mich aus dem Haus zu locken - vielleicht direkt in ihre Arme. Allein der Gedanke an eine solche Möglichkeit reichte aus, um mich vorsichtig werden zu lassen.

So kam es, dass der vierte, fünfte und sechste Tag ruhig verging, ohne dass ich einen Versuch unternahm, das Haus zu verlassen.

Am sechsten Tag hatte ich das Vergnügen, Pepper wieder auf den Beinen zu sehen, und obwohl er noch sehr schwach war, leistete er mir den ganzen Tag über Gesellschaft.

XI. DIE DURCHSUCHUNG DER GÄRTEN

Die Zeit verging wie im Flug, und nichts deutete darauf hin, dass die Gärten noch von den Bestien heimgesucht wurden.

Es war der neunte Tag, an dem ich schließlich beschloss, das Risiko einzugehen, falls es eines gab, und mich auf den Weg zu machen. Zu diesem Zweck lud ich eine der Schrotflinten und wählte sie sorgfältig aus, da sie aus nächster Nähe tödlicher ist als ein Gewehr. Dann rief ich Pepper zu, mir zu folgen, und machte mich auf den Weg hinunter in den Keller, nachdem ich das Gelände vom Turm aus ein letztes Mal inspiziert hatte.

An der Tür muss ich zugeben, dass ich einen Moment gezögert habe. Der Gedanke daran, was mich in dem dunklen Gebüsch erwarten könnte, war keineswegs dazu angetan, meinen Entschluss zu bestärken. Es dauerte jedoch nur eine Sekunde, dann hatte ich die Riegel gezogen und stand auf dem Weg vor der Tür.

Pepper folgte mir und blieb auf der Türschwelle stehen, um misstrauisch zu schnüffeln und seine Nase an den Türpfosten auf und ab zu führen, als ob er einer Fährte folgen würde. Dann drehte er sich plötzlich abrupt um und begann, in Halbkreisen und Kreisen um die Tür herum zu rennen, um schließlich zur Türschwelle zurückzukehren. Hier fing er wieder an, herumzuschnüffeln.

Bis jetzt hatte ich den Hund beobachtet, doch mein halber Blick war auf das wilde Gewirr der Gärten gerichtet, die sich um mich herum erstreckten. Jetzt ging ich auf ihn zu und beugte mich hinunter, um die Oberfläche der Tür zu untersuchen, an der er roch. Ich stellte fest, dass das Holz mit einem Netz von Kratzern übersät war, die sich kreuzten und wieder kreuzten, in einem unentwirrbaren Durcheinander. Außerdem stellte ich fest, dass die Türpfosten selbst an einigen Stellen angenagt waren. Darüber hinaus konnte ich nichts finden, und so stand ich auf und begann, die Hauswand zu besichtigen.

Sobald ich wegging, verließ Pepper die Tür und rannte voraus, immer noch schnüffelnd und schnüffelnd. Ab und zu blieb er stehen, um zu forschen. Hier war es ein Einschussloch im Weg oder vielleicht ein mit Pulver verschmutztes Pflaster. Es könnte auch ein Stück zerrissene Grasnarbe oder ein unruhiges Stück Unkraut sein, aber außer solchen Kleinigkeiten fand er nichts. Ich beobachtete ihn kritisch, während er weiterging, und konnte in seinem Verhalten nichts entdecken, was darauf hindeutete, dass er die Nähe einer der Kreaturen spürte. Das gab mir die Gewissheit, dass die Gärten, zumindest im Moment, leer von diesen hasserfüllten Dingen waren. Pepper ließ sich nicht so leicht täuschen, und es war eine Erleichterung zu spüren, dass er es wissen und mich rechtzeitig warnen würde, wenn eine Gefahr drohte.

Als ich die Stelle erreichte, an der ich die erste Kreatur erschossen hatte, hielt ich an und schaute mich genau um, konnte aber nichts sehen. Von dort aus ging ich weiter zu der Stelle, wo der große Kopingstone gefallen war. Er lag auf der Seite, anscheinend genau so, wie er verlassen worden war, als ich das Tier erschossen hatte, das ihn bewegt hatte. Ein paar Meter rechts von dem näheren Ende war eine große Delle im Boden, die zeigte, wo der Stein aufgeschlagen war. Das andere Ende befand sich noch in der Vertiefung - halb drin und halb draußen. Ich ging näher heran und sah mir den Stein genauer an. Was für ein riesiges Stück Mauerwerk es doch war! Und diese Kreatur hatte es eigenhändig bewegt, um das zu erreichen, was darunter lag.

Ich ging zum anderen Ende des Steins hinüber. Es war möglich, ein paar Meter weit darunter zu sehen. Dennoch konnte ich nichts von den angeschlagenen Kreaturen sehen, und ich war sehr überrascht. Wie ich bereits sagte, hatte ich vermutet, dass die Überreste entfernt worden waren, aber ich konnte mir nicht vorstellen, dass dies so gründlich geschehen war, dass nicht ein bestimmtes Zeichen unter dem Stein zurückblieb, das auf ihr Schicksal hinwies. Ich hatte gesehen, wie mehrere der Bestien unter dem Stein mit solcher Wucht niedergeschlagen worden waren, dass sie buchstäblich in die Erde gerammt worden sein mussten, und jetzt war keine Spur von ihnen zu sehen, nicht einmal ein Blutfleck.

Ich war verwirrter als je zuvor, als ich mir die Sache durch den Kopf gehen ließ, aber mir fiel keine plausible Erklärung ein, und so gab ich es schließlich als eines der vielen unerklärlichen Dinge auf.

Von dort aus richtete ich meine Aufmerksamkeit auf die Tür zum Arbeitszimmer. Ich konnte jetzt noch deutlicher die Auswirkungen der enormen Belastung sehen, der sie ausgesetzt gewesen war, und ich wunderte mich, dass sie trotz der Stützen den Angriffen so gut standgehalten hatte. Es gab keine Spuren von Schlägen - in der Tat hatte es keine gegeben - aber die Tür war buchstäblich aus den Angeln gehoben worden, durch die Anwendung enormer, stiller Kraft. Eine Sache, die ich beobachtete, beeindruckte mich zutiefst - der Kopf einer der Stützen war direkt durch eine Platte gerammt worden. Das allein reichte schon aus, um zu zeigen, welch gewaltige Anstrengungen die Kreaturen unternommen hatten, um die Tür aufzubrechen, und wie knapp ihnen dies gelungen war.

Als ich das Haus verließ, setzte ich meinen Rundgang fort und fand nur noch wenig Interessantes, außer auf der Rückseite, wo ich das Stück Rohr, das ich aus der Wand gerissen hatte, im hohen Gras unter dem zerbrochenen Fenster fand.

Dann kehrte ich ins Haus zurück und ging, nachdem ich die Hintertür wieder verriegelt hatte, auf den Turm hinauf. Hier verbrachte ich den Nachmittag, las und warf gelegentlich einen Blick hinunter in die Gärten. Ich hatte mir vorgenommen, wenn die Nacht ruhig verlaufen würde, am nächsten Tag bis zur Grube zu gehen.

Vielleicht würde ich dann etwas darüber erfahren, was geschehen war. Der Tag verging, und die Nacht kam und verging, wie die letzten Nächte auch.

Als ich aufstand, war der Morgen schön und klar, und ich beschloss, mein Vorhaben in die Tat umzusetzen. Während des Frühstücks überlegte ich mir die Sache gründlich und ging dann ins Arbeitszimmer, um meine Flinte zu holen. Außerdem lud ich eine kleine, aber schwere Pistole und steckte sie in meine Tasche. Mir war klar, dass die Gefahr, wenn überhaupt, in Richtung der Grube lag, und ich wollte vorbereitet sein.

Ich verließ das Arbeitszimmer und ging zur Hintertür hinunter, gefolgt von Pepper. Draußen angekommen, sah ich mir kurz die umliegenden Gärten an und machte mich dann auf den Weg zur Grube. Unterwegs behielt ich die Lage im Auge und hielt meine Waffe in der Hand. Ich bemerkte, dass Pepper ohne erkennbares Zögern vorauslief. Daraus schloss ich, dass keine unmittelbare Gefahr zu befürchten war, und ich folgte ihm schneller. Er hatte jetzt den oberen Teil der Grube erreicht und tastete sich am Rand entlang.

Eine Minute später war ich neben ihm und blickte hinunter in die Grube. Einen Moment lang konnte ich kaum glauben, dass es derselbe Ort war, so sehr hatte er sich verändert. Die dunkle, bewaldete Schlucht von vor vierzehn Tagen mit einem durch Laub verborgenen, träge dahinfließenden Bach am Grund gab es nicht mehr. Stattdessen sah ich eine zerklüftete Schlucht, die teilweise mit einem düsteren See aus trübem Wasser gefüllt war. Die ganze eine Seite der Schlucht war vom Unterholz befreit und zeigte den nackten Fels.

Etwas links von mir schien die Seite der Schlucht komplett eingestürzt zu sein und einen tiefen V-förmigen Spalt in der Felswand zu bilden. Dieser Spalt verlief vom oberen Rand der Schlucht fast bis zum Wasser und drang bis zu einer Entfernung von etwa vierzig Fuß in die Seite des Pits ein. Seine Öffnung war mindestens sechs Yards breit und schien sich von dort aus auf etwa zwei Yards zu verjüngen. Aber was meine Aufmerksamkeit noch mehr erregte als der gewaltige Spalt selbst, war ein großes Loch, das sich in einiger Entfernung in der Spalte befand, genau im Winkel des V. Es war klar umrissen und von der Form her einem gewölbten Tor nicht unähnlich, obwohl ich es, da es im Schatten lag, nicht sehr deutlich erkennen konnte.

Die gegenüberliegende Seite der Grube war immer noch bewachsen, aber an einigen Stellen so zerfetzt und überall mit Staub und Müll bedeckt, dass sie kaum als solche zu erkennen war.

Mein erster Eindruck, dass es einen Erdrutsch gegeben hatte, war, wie ich allmählich erkannte, nicht ausreichend, um all die Veränderungen zu erklären, die ich beobachtete. Und das Wasser...? Ich drehte mich plötzlich um, denn ich hatte bemerkt, dass irgendwo zu meiner Rechten ein Geräusch von fließendem Wasser zu hören war. Ich konnte nichts sehen, aber da meine Aufmerksamkeit nun geweckt war, konnte ich leicht erkennen, dass es von irgendwo am östlichen Ende der Grube kam.

Langsam machte ich mich auf den Weg in diese Richtung, wobei das Geräusch immer deutlicher wurde, bis ich schließlich direkt über ihm stand. Selbst dann konnte ich die Ursache nicht ausmachen, bis ich mich hinkniete und meinen Kopf über die Klippe steckte. Hier hörte ich das Geräusch ganz deutlich und sah unter mir einen Sturzbach aus klarem Wasser, der aus einer kleinen Spalte in der Felswand austrat und die Felsen hinunter in den darunter liegenden See floss. Ein Stück weiter an der Klippe entlang sah ich einen weiteren und dahinter noch zwei kleinere. Diese würden also dazu beitragen, die Wassermenge in der Grube zu erklären; und wenn der Fels- und Erdsturz den Abfluss des Baches am Boden blockiert hatte, gab es kaum einen anderen Zweifel, als dass es einen sehr großen Anteil daran hatte.

Dennoch rätselte ich, wie ich mir das allgemein erschütterte Erscheinungsbild des Ortes erklären sollte - diese Bächlein und die riesige Kluft weiter oben in der Schlucht! Es schien mir, dass mehr als ein Erdrutsch nötig war, um dies zu erklären. Ich konnte mir vorstellen, dass ein Erdbeben oder eine große Explosion eine solche Kondition hervorgerufen hatte, aber nichts von beidem hatte es gegeben. Dann stand ich schnell auf und erinnerte mich an den Aufprall und die Staubwolke, die direkt darauf gefolgt war und hoch in die Luft aufstieg. Aber ich schüttelte ungläubig den Kopf. Nein! Es muss das Geräusch der herabfallenden Steine und Erde gewesen sein, das ich gehört hatte; natürlich würde der Staub fliegen. Doch trotz meiner Überlegungen hatte ich das ungute Gefühl, dass diese Theorie meinen Sinn für das Wahrscheinliche nicht befriedigte; und war irgendeine andere, die ich vorschlagen konnte, auch nur halb so plausibel? Pepper hatte im Gras gesessen, während ich meine Untersuchung durchführte. Als ich nun auf die Nordseite der Schlucht abbog, stand er auf und folgte mir.

Langsam und in alle Richtungen wachsam, umrundete ich die Grube, fand aber kaum etwas, was ich nicht schon gesehen hatte. Vom westlichen Ende aus konnte ich die vier Wasserfälle ohne Unterbrechung sehen. Sie befanden sich in beträchtlicher Höhe über der Oberfläche des Sees - etwa fünfzig Fuß, schätzte ich.

Ich schlenderte noch eine Weile herum, hielt Augen und Ohren offen, ohne jedoch etwas Verdächtiges zu sehen oder zu hören. Der ganze Ort war wunderbar ruhig. Abgesehen von dem ständigen Rauschen des Wassers am oberen Ende durchbrach kein einziges Geräusch die Stille.

Während der ganzen Zeit hatte Pepper keine Anzeichen von Unruhe gezeigt. Das schien mir ein Hinweis darauf zu sein, dass sich zumindest im Moment keine der Schweinekreaturen in der Nähe aufhielt. Soweit ich sehen konnte, schien seine Aufmerksamkeit vor allem dem Kratzen und Schnüffeln im Gras am Rande der Grube zu gelten. Manchmal verließ er den Rand und lief in Richtung Haus, als würde er unsichtbaren Spuren folgen, kehrte aber in jedem Fall nach ein paar Minuten zurück.

Ich hatte kaum Zweifel daran, dass er wirklich die Spuren der Schweinedinger verfolgte, und allein die Tatsache, dass jede einzelne Spur ihn zurück zur Grube zu führen schien, schien mir ein Beweis dafür zu sein, dass die Bestien alle dorthin zurückgekehrt waren, wo sie herkamen.

Am Mittag ging ich nach Hause zum Abendessen. Im Laufe des Nachmittags suchte ich in Begleitung von Pepper die Gärten ab, ohne jedoch etwas zu finden, das auf die Anwesenheit der Kreaturen hinwies.

Einmal, als wir uns einen Weg durch die Sträucher bahnten, stürzte Pepper mit einem wilden Schrei zwischen den Büschen hindurch. Daraufhin sprang ich vor Schreck zurück und warf mein Gewehr nach vorne, um nervös zu lachen, als Pepper wieder auftauchte und eine unglückliche Katze verfolgte. Gegen Abend gab ich die Suche auf und kehrte zum Haus zurück. Als wir an einem großen Gebüsch zu unserer Rechten vorbeikamen, war Pepper auf einmal verschwunden und ich hörte ihn verdächtig zwischen den Büschen schnüffeln und knurren. Mit meinem Gewehrlauf durchbrach ich das dazwischenliegende Gebüsch und schaute hinein. Es war nichts zu sehen, außer, dass viele der Äste abgeknickt und gebrochen waren, als hätte sich ein Tier dort zu einem nicht allzu fernen Zeitpunkt verschanzt. Es war wahrscheinlich, so dachte ich, einer der Orte, die in der Nacht des Angriffs von einigen der Schweine-Kreaturen besetzt waren.

Am nächsten Tag nahm ich meine Suche in den Gärten wieder auf, aber ohne Ergebnis. Am Abend hatte ich alles durchkämmt und wusste nun zweifelsfrei, dass sich keine der Dinge mehr an diesem Ort versteckt hielten. In der Tat habe ich seitdem oft gedacht, dass ich mit meiner früheren Vermutung richtig lag, dass sie bald nach dem Angriff abgereist waren.

XII. DIE UNTERIRDISCHE GRUBE

Eine weitere Woche verging, in der ich einen Großteil meiner Zeit in der Nähe der Grubenöffnung verbrachte. Ein paar Tage zuvor war ich zu dem Schluss gekommen, dass das gewölbte Loch im Winkel des großen Grabens der Ort war, durch den die Schweinedinger von irgendeinem unheiligen Ort in den Eingeweiden der Welt gekommen waren. Wie nahe das an der wahrscheinlichen Wahrheit lag, sollte ich später erfahren.

Es ist leicht zu verstehen, dass ich ungeheuer neugierig war, wenn auch auf eine ängstliche Art und Weise, zu wissen, zu welchem höllischen Ort dieses Loch führte; obwohl ich bis jetzt noch nicht ernsthaft auf die Idee gekommen war, eine Untersuchung anzustellen. Ich war viel zu sehr von einem Gefühl des Grauens vor den Schweinekreaturen durchdrungen, als dass ich mich freiwillig dorthin gewagt hätte, wo die Möglichkeit bestand, mit ihnen in Kontakt zu kommen.

Mit der Zeit wurde dieses Gefühl jedoch unmerklich schwächer, so dass ich, als mir ein paar Tage später der Gedanke kam, dass es möglich sein könnte, hinunterzuklettern und einen Blick in das Loch zu werfen, nicht so sehr abgeneigt war, wie man es sich vielleicht hätte vorstellen können. Dennoch glaube ich nicht, dass ich damals wirklich vorhatte, ein solch waghalsiges Abenteuer zu wagen. Es könnte der sichere Tod sein, wenn ich diese trostlos aussehende Öffnung betrete. Und doch ist die menschliche Neugier so hartnäckig, dass mein größter Wunsch schließlich nur noch darin bestand, herauszufinden, was hinter diesem düsteren Eingang lag.

Langsam, während die Tage vergingen, wurde meine Angst vor den Schweinedingen zu einem Gefühl der Vergangenheit - mehr eine unangenehme, unglaubliche Erinnerung als irgendetwas anderes.

So kam der Tag, an dem ich, Gedanken und Fantasien über Bord werfend, ein Seil aus dem Haus holte und es an einem kräftigen Baum am oberen Ende des Grabens und in einiger Entfernung vom Grubenrand befestigte, um das andere Ende in die Spalte hinabzulassen, bis es genau über der Öffnung des dunklen Lochs baumelte.

Dann kletterte ich vorsichtig und mit vielen Zweifeln, ob es nicht ein verrücktes Unterfangen war, das ich da versuchte, langsam hinunter, wobei ich das Seil als Stütze benutzte, bis ich das Loch erreichte. Hier hielt ich mich immer noch am Seil fest und spähte hinein. Alles war vollkommen dunkel, und ich hörte kein einziges Geräusch. Doch einen Moment später schien es, als ob ich etwas hören könnte. Ich hielt den Atem an und lauschte, aber alles war still wie ein Grab, und ich atmete wieder frei. Im selben Augenblick hörte ich das Geräusch wieder. Es war wie das Geräusch eines angestrengten Atems - tief und scharf gezogen. Eine kurze Sekunde lang stand ich wie versteinert da, unfähig, mich zu bewegen. Aber jetzt waren die Geräusche wieder verstummt, und ich konnte nichts mehr hören.

Als ich ängstlich dastand, löste sich mit meinem Fuß ein Kieselstein, der mit einem hohlen Klirren nach innen in die Dunkelheit fiel. Sofort wurde das Geräusch aufgegriffen und mehrere Male wiederholt, wobei jedes Echo schwächer wurde und sich von mir wegzubewegen schien, als wäre es in weiter Ferne. Dann, als die Stille wieder eintrat, hörte ich das verstohlene Atmen. Bei jedem Atemzug, den ich machte, hörte ich einen Gegenatem. Die Geräusche schienen näher zu kommen, und dann hörte ich mehrere andere, aber schwächer und weiter entfernt. Warum ich mich nicht an dem Seil festhielt und aufsprang, um der Gefahr zu entgehen, kann ich nicht sagen. Es war, als ob ich wie gelähmt gewesen wäre. Ich brach in Schweiß aus und versuchte, meine Lippen mit der Zunge zu befeuchten. Meine Kehle war plötzlich trocken geworden, und ich hustete heiser. Es kam in einem Dutzend schrecklicher, kehliger Töne spöttisch zu mir zurück. Ich spähte hilflos in die Dunkelheit, aber es war immer noch nichts zu sehen. Ich hatte ein seltsames, würgendes Gefühl und hustete erneut trocken. Das Echo nahm es wieder auf, hob und senkte sich auf groteske Weise und endete langsam in einer dumpfen Stille.

Dann kam mir plötzlich ein Gedanke, und ich hielt den Atem an. Das andere Atmen hörte auf. Ich atmete erneut, und es begann von neuem. Aber jetzt fürchtete ich mich nicht mehr. Ich wusste, dass die seltsamen Geräusche nicht von einer lauernden Schweinekreatur stammten, sondern einfach das Echo meiner eigenen Atmung waren.

Dennoch hatte ich mich so erschrocken, dass ich froh war, den Spalt hinaufzuklettern und das Seil einzuholen. Ich war viel zu erschüttert und nervös, als dass ich daran gedacht hätte, das dunkle Loch zu betreten, und so kehrte ich zum Haus zurück. Am nächsten Morgen fühlte ich mich wieder besser, aber selbst dann konnte ich nicht genügend Mut aufbringen, um den Ort zu erkunden.

Die ganze Zeit über war das Wasser in der Grube langsam angestiegen und stand nun nur noch knapp unter der Öffnung. Bei der Geschwindigkeit, mit der es stieg, würde es in weniger als einer Woche den Boden erreichen. Mir wurde klar, dass ich meine Nachforschungen wahrscheinlich nie durchführen würde, wenn ich sie nicht bald durchführe, denn das Wasser würde immer weiter steigen, bis die Öffnung selbst überflutet wäre.

Es mag sein, dass mich dieser Gedanke zum Handeln veranlasste, aber was auch immer es war, ein paar Tage später stand ich an der Spitze der Spalte, voll ausgerüstet für die Aufgabe.

Diesmal war ich entschlossen, mein Drückebergertum zu überwinden und die Sache durchzuziehen. Zu diesem Zweck hatte ich neben dem Seil auch ein Bündel Kerzen mitgebracht, die ich als Fackel benutzen wollte, sowie meine doppelläufige

Schrotflinte. In meinem Gürtel trug ich eine schwere Pferdepistole, die mit Schrot geladen war.

Wie zuvor befestigte ich das Seil an dem Baum. Dann band ich mir das Gewehr mit einem Stück dicker Schnur über die Schultern und ließ mich über den Rand der Grube hinunter. Bei dieser Bewegung erhob sich Pepper, der mein Tun aufmerksam beobachtet hatte, und rannte auf mich zu, halb bellend, halb heulend, wie es mir schien, um mich zu warnen. Aber ich war zu meinem Vorhaben entschlossen und befahl ihm, sich hinzulegen. Am liebsten hätte ich ihn mitgenommen, aber das war unter den gegebenen Umständen fast unmöglich. Als mein Gesicht auf den Rand der Grube sank, leckte er mir über den Mund und begann dann, meinen Ärmel zwischen den Zähnen zu packen und kräftig zurückzuziehen. Es war ganz offensichtlich, dass er nicht wollte, dass ich gehe. Da ich mich jedoch entschlossen hatte, wollte ich den Versuch nicht aufgeben, und mit einem scharfen Wort an Pepper, mich loszulassen, setzte ich meinen Abstieg fort und ließ den armen Kumpel oben zurück, der bellte und heulte wie ein verlassener Welpe.

Vorsichtig ließ ich mich von Vorsprung zu Vorsprung hinunter. Ich wusste, dass ein Ausrutscher ein Einnässen bedeuten könnte.

Als ich den Eingang erreichte, ließ ich das Seil los und band mir die Waffe von den Schultern. Dann warf ich einen letzten Blick auf den Himmel, der sich schnell bewölkte, und ging ein paar Schritte vorwärts, um vor dem Wind geschützt zu sein, und zündete eine der Kerzen an. Es über meinen Kopf haltend und mein Gewehr fest umklammert, begann ich langsam weiterzugehen, wobei ich meine Blicke in alle Richtungen warf.

In der ersten Minute hörte ich den melancholischen Klang von Peppers Heulen, das zu mir herüberkam. Je weiter ich in die Dunkelheit vordrang, desto schwächer wurde es, bis ich nach einer Weile nichts mehr hörte. Der Pfad neigte sich etwas nach unten und nach links. Von dort aus ging es weiter, immer noch nach links, bis ich merkte, dass er mich direkt in die Richtung des Hauses führte.

Sehr vorsichtig ging ich weiter und hielt alle paar Schritte an, um zu lauschen. Ich war vielleicht hundert Meter weit gelaufen, als ich plötzlich ein schwaches Geräusch wahrnahm, irgendwo in dem Gang dahinter. Mit klopfendem Herzen lauschte ich. Das Geräusch wurde immer deutlicher und schien sich schnell zu nähern. Ich konnte es jetzt ganz deutlich hören. Es war das leise Stampfen von laufenden Füßen. In den ersten Momenten des Schreckens stand ich unschlüssig da und wusste nicht, ob ich vorwärts oder rückwärts gehen sollte. Dann wurde mir plötzlich klar, was ich am besten tun sollte: Ich zog mich an die Felswand zu meiner Rechten zurück, hielt die Kerze über meinen Kopf und wartete - mit der Waffe in der Hand - und verfluchte meine tollkühne Neugier, die mich in eine solche Situation gebracht hatte.

Ich musste nicht lange warten, nur ein paar Sekunden, bevor zwei Augen aus der Dunkelheit die Strahlen meiner Kerze zurückwarfen. Ich hob meine Waffe, nur mit der rechten Hand, und zielte schnell. Noch während ich das tat, sprang etwas aus der Dunkelheit hervor, mit einem tosenden Freudengebell, das wie ein Donnerschlag die Echos weckte. Es war Pepper. Wie er es geschafft hatte, die Kluft hinunterzuklettern, konnte ich mir nicht vorstellen. Als ich nervös mit der Hand über sein Fell strich, bemerkte ich, dass er tropfte, und schloss daraus, dass er versucht haben musste, mir zu folgen, und dabei ins Wasser gefallen war, aus dem er nur mit Mühe wieder herausklettern konnte.

Nachdem ich etwa eine Minute gewartet hatte, um mich zu beruhigen, setzte ich den Weg fort, während Pepper mir in aller Ruhe folgte. Ich war seltsamerweise froh, den Kumpel bei mir zu haben. Er leistete mir Gesellschaft, und irgendwie hatte ich weniger Angst, wenn er mir auf den Fersen war. Außerdem wusste ich, wie schnell seine scharfen Ohren in der Dunkelheit, die uns einhüllte, die Anwesenheit eines unwillkommenen Wesens aufspüren würden, sollte es ein solches geben.

Einige Minuten lang gingen wir langsam weiter; der Weg führte immer noch direkt auf das Haus zu. Bald, so schlussfolgerte ich, würden wir direkt unter dem Haus stehen, wenn der Weg nur weit genug führen würde. Ich führte den Weg vorsichtig noch etwa fünfzig Meter weiter. Dann blieb ich stehen und hielt das Licht hoch; und ich hatte Grund genug, dafür dankbar zu sein, denn keine drei Schritte weiter verschwand der Pfad und zeigte stattdessen eine hohle Schwärze, die mir plötzliche Angst einjagte.

Vorsichtig kroch ich vorwärts und spähte hinunter, konnte aber nichts sehen. Dann ging ich auf die linke Seite des Ganges, um zu sehen, ob es eine Fortsetzung des Weges geben könnte. Hier, direkt an der Wand, stellte ich fest, dass ein schmaler, etwa drei Fuß breiter Pfad weiterführte. Vorsichtig betrat ich ihn, aber ich war noch nicht weit gekommen, als ich es bereute, mich darauf gewagt zu haben. Denn nach ein paar Schritten verwandelte sich der ohnehin schon schmale Weg in einen bloßen Felsvorsprung mit dem massiven, unnachgiebigen Felsen auf der einen Seite, der sich wie eine große Mauer bis zum unsichtbaren Dach erhob, und dem gähnenden Abgrund auf der anderen Seite. Ich musste daran denken, wie hilflos ich wäre, wenn ich dort angegriffen würde, wo ich keinen Platz zum Ausweichen hätte und wo selbst der Rückstoß meiner Waffe ausreichen könnte, um mich kopfüber in die Tiefe zu stürzen.

Zu meiner großen Erleichterung verbreiterte sich der Weg ein Stück weiter plötzlich wieder auf seine ursprüngliche Breite. Als ich allmählich weiterging, bemerkte ich, dass der Weg stetig nach rechts verlief, und so stellte ich nach einigen Minuten fest, dass ich nicht vorwärts ging, sondern den riesigen Abgrund einfach umkreiste. Offensichtlich war ich am Ende des großen Ganges angelangt.

Fünf Minuten später stand ich wieder an der Stelle, von der ich ausgegangen war. Ich hatte das, was ich jetzt als einen riesigen Abgrund vermutete, dessen Mündung mindestens hundert Meter breit sein musste, vollständig umrundet.

Eine Weile stand ich da und war in verwirrende Gedanken versunken. 'Was hat das alles zu bedeuten?' war der Schrei, der mir immer wieder durch den Kopf ging.

Plötzlich kam mir eine Idee, und ich suchte nach einem Stück Stein. Schnell fand ich ein Stück Stein, etwa so groß wie ein kleiner Laib. Ich steckte die Kerze aufrecht in einen Spalt des Bodens, ging etwas vom Rand zurück und warf den Stein mit einem kurzen Anlauf in den Abgrund - ich wollte ihn weit genug werfen, um ihn von den Seiten fernzuhalten. Dann beugte ich mich vor und lauschte. Aber obwohl ich mindestens eine ganze Minute lang ganz still war, kam kein Geräusch aus der Dunkelheit zurück.

Da wusste ich, dass das Loch sehr tief sein musste, denn wenn der Stein auf etwas gestoßen wäre, hätte er das Echo dieses unheimlichen Ortes auf unbestimmte Zeit flüstern lassen können. Es war sogar so, dass die Höhle die Geräusche meiner Schritte vielfach zurückgegeben hatte. Der Ort war furchteinflößend, und ich wäre gerne zurückgegangen und hätte die Geheimnisse seiner Einsamkeit ungelöst gelassen, doch das hätte bedeutet, eine Niederlage einzugestehen.

Dann kam mir der Gedanke, zu versuchen, einen Blick auf den Abgrund zu werfen. Es kam mir in den Sinn, dass ich, wenn ich meine Kerzen am Rande des Lochs aufstellte, zumindest einen schemenhaften Blick auf den Ort erhaschen könnte.

Als ich nachzählte, stellte ich fest, dass ich fünfzehn Kerzen in dem Bündel mitgebracht hatte - meine erste Absicht war, wie ich bereits sagte, eine Fackel daraus zu machen. Diese stellte ich rund um die Öffnung der Grube auf, mit einem Abstand von etwa zwanzig Metern zwischen den einzelnen Kerzen.

Nachdem ich den Kreis geschlossen hatte, stellte ich mich in den Gang und versuchte, mir ein Bild von dem Ort zu machen. Aber ich stellte sofort fest, dass sie für meinen Zweck völlig unzureichend waren. Sie taten kaum mehr, als die Düsternis sichtbar zu machen. Eines taten sie jedoch: Sie bestätigten meine Meinung über die Größe der Öffnung, und obwohl sie mir nichts zeigten, was ich sehen wollte, gefiel mir der Kontrast, den sie zu der schweren Dunkelheit bildeten, auf seltsame Weise. Es war, als ob fünfzehn winzige Sterne durch die unterirdische Nacht leuchteten.

Dann, noch während ich stand, stieß Pepper einen plötzlichen Heulton aus, der von den Echos aufgegriffen wurde und sich in grausigen Variationen wiederholte, um dann langsam zu verklingen. Mit einer schnellen Bewegung hielt ich die eine Kerze, die ich behalten hatte, in die Höhe und blickte auf den Hund hinunter. Im selben Moment schien ich ein Geräusch wie ein teuflisches Glucksen aus den bis dahin stillen Tiefen der Grube aufsteigen zu hören. Ich schreckte auf, dann fiel mir ein, dass es wahrscheinlich das Echo von Peppers Heulen war.

Pepper hatte sich ein paar Schritte von mir entfernt, den Gang hinauf, er schnüffelte auf dem felsigen Boden herum und ich glaubte, ihn lecken zu hören. Ich ging auf ihn zu und hielt die Kerze niedrig. Als ich mich bewegte, hörte ich, wie mein Stiefel "sop, sop" machte, und das Licht wurde von etwas reflektiert, das glitzerte und an meinen Füßen vorbeikroch, schnell in Richtung der Grube. Ich beugte mich tiefer und schaute nach, dann gab ich einen Ausdruck der Überraschung von mir. Von irgendwoher, weiter oben auf dem Weg, floss ein Wasserstrahl schnell in Richtung der großen Öffnung und wurde jede Sekunde größer.

Wieder stieß Pepper dieses tiefe Heulen aus, rannte auf mich zu, packte meinen Mantel und versuchte, mich den Pfad hinauf zum Eingang zu ziehen. Mit einer nervösen Geste schüttelte ich ihn ab und ging schnell zur linken Wand hinüber. Falls etwas kommen sollte, würde ich die Wand im Rücken haben.

Als ich dann ängstlich den Weg hinaufstarrte, fing meine Kerze einen Schimmer ein, weit oben im Gang. Im selben Moment wurde ich mir eines murmelnden Brüllens bewusst, das immer lauter wurde und die ganze Höhle mit ohrenbetäubendem Lärm erfüllte. Aus der Grube kam ein tiefes, hohles Echo, wie das Schluchzen eines Riesen. Dann war ich zur Seite gesprungen, auf den schmalen Vorsprung, der um den Abgrund herum verlief, und als ich mich umdrehte, sah ich, wie eine große Wand aus Schaum an mir vorbeirauschte und tosend in den wartenden Abgrund stürzte. Eine Gischtwolke brach über mich herein, löschte meine Kerze aus und durchnässte mich bis auf die Haut. Ich hielt immer noch meine Waffe in der Hand. Die drei nächstgelegenen Kerzen erloschen, aber die weiter entfernten flackerten nur kurz auf. Nach dem ersten Ansturm ließ das Wasser zu einem gleichmäßigen Strom nach, der vielleicht einen halben Meter tief war. Das konnte ich allerdings erst sehen, als ich mir eine der brennenden Kerzen besorgt hatte und mich damit auf Erkundungstour begab. Pepper war mir glücklicherweise gefolgt, als ich mich auf den Vorsprung stürzte, und blieb nun, sehr gebändigt, dicht hinter mir.

Eine kurze Untersuchung zeigte mir, dass das Wasser quer durch den Gang reichte und mit enormer Geschwindigkeit floss. Schon als ich dort stand, hatte es sich vertieft. Ich konnte nur erahnen, was passiert war. Offensichtlich war das Wasser in der Schlucht auf irgendeine Weise in den Durchgang eingedrungen. Wenn das der Fall war, würde es immer mehr zunehmen, bis es mir unmöglich sein würde, diesen Ort zu verlassen. Der Gedanke war beängstigend. Es war klar, dass ich mich so schnell wie möglich aus dem Staub machen musste.

Ich nahm mein Gewehr am Schaft und lotete das Wasser aus. Es war etwas weniger als knietief. Das Geräusch, das es machte, als es in die Grube hinabstürzte, war ohrenbetäubend. Dann rief ich Pepper zu und trat in die Fluten, wobei ich das Gewehr als Stock benutzte. Sofort kochte das Wasser mit der Geschwindigkeit, mit der es rannte, über meine Knie und fast bis zu den Spitzen meiner Oberschenkel. Für einen kurzen Moment hätte ich fast den Halt verloren, aber der Gedanke an das, was dahinter lag, spornte mich zu einer heftigen Anstrengung an, und Schritt für Schritt kam ich voran.

Von Pepper wusste ich anfangs nichts. Ich hatte alle Mühe, mich auf den Beinen zu halten, und war überglücklich, als er neben mir auftauchte. Er watete munter vor sich hin. Er ist ein großer Hund mit langen, dünnen Beinen, und ich nehme an, dass das Wasser sie weniger fest im Griff hatte als meine. Jedenfalls kam er viel besser zurecht als ich. Er ging vor mir her, wie ein Führer, und half mit Absicht - oder auf andere Weise - die Kraft des Wassers ein wenig zu brechen. Wir gingen weiter, Schritt für Schritt, kämpfend und keuchend, bis wir etwa hundert Meter sicher zurückgelegt hatten. Ob es nun daran lag, dass ich weniger vorsichtig war, oder daran, dass es eine rutschige Stelle auf dem felsigen Boden gab, kann ich nicht sagen, aber plötzlich rutschte ich aus und fiel auf mein Gesicht. Sofort sprang das Wasser in einem Katarakt über mich hinweg und schleuderte mich mit einer furchtbaren Geschwindigkeit in Richtung des bodenlosen Lochs. Verzweifelt kämpfte ich, aber es war unmöglich, Halt zu finden. Ich war hilflos, keuchend und ertrinkend. Plötzlich packte mich etwas an meinem Mantel und brachte mich zum Stehen. Es war Pepper. Da er mich vermisste, muss er durch das dunkle Getümmel zurückgerannt sein, um mich zu finden, und hat mich dann aufgefangen und festgehalten, bis ich auf die Beine kam.

Ich habe eine schwache Erinnerung daran, dass ich kurzzeitig den Schein mehrerer Lichter gesehen habe, aber ich war mir nie ganz sicher. Wenn meine Eindrücke richtig sind, muss ich bis an den Rand dieses schrecklichen Abgrunds gespült worden sein, bevor Pepper es schaffte, mich zum Stillstand zu bringen. Und die Lichter können natürlich nur die fernen Flammen der Kerzen gewesen sein, die ich brennen ließ. Aber wie gesagt, ich bin mir keineswegs sicher. Meine Augen waren voller Wasser, und ich war schwer erschüttert.

Und da stand ich nun, ohne mein hilfreiches Gewehr, ohne Licht und traurig verwirrt, während das Wasser immer tiefer wurde; allein auf meinen alten Freund Pepper angewiesen, um mir aus diesem höllischen Ort herauszuhelfen.

Ich stand vor dem Sturzbach. Es war natürlich die einzige Möglichkeit, wie ich meine Position einen Moment lang hätte halten können, denn selbst der alte Pepper hätte mich ohne meine - wenn auch blinde - Hilfe nicht lange gegen diese schreckliche Belastung halten können.

Es verging vielleicht eine Minute, in der es für mich auf Messers Schneide stand; dann nahm ich allmählich meinen gewundenen Weg den Gang hinauf wieder auf. Und so begann der grausamste Kampf mit dem Tod, aus dem ich hoffentlich jemals als Sieger hervorgehen werde. Langsam, wütend und fast hoffnungslos mühte ich mich ab, und der treue Pepper führte mich, zerrte mich immer weiter nach oben, bis ich endlich vor mir einen gesegneten Lichtschimmer sah. Es war der Eingang. Nur noch ein paar Meter weiter und ich erreichte die Öffnung, während das Wasser hungrig um meine Lenden wogte und kochte.

Und jetzt verstand ich den Grund für die Katastrophe. Es regnete heftig, buchstäblich in Strömen. Die Oberfläche des Sees war auf gleicher Höhe mit dem Boden der Öffnung - nein, mehr als das, sie lag darüber. Offensichtlich hatte der Regen den See angeschwemmt und diesen vorzeitigen Anstieg verursacht, denn bei der Geschwindigkeit, mit der sich die Schlucht füllte, hätte es noch ein paar Tage gedauert, bis sie den Eingang erreicht hätte.

Glücklicherweise floss das Seil, an dem ich hinabgestiegen war, mit dem eindringenden Wasser in die Öffnung. Ich ergriff das Ende und verkrampfte es sicher um Peppers Körper, dann begann ich mit dem letzten Rest meiner Kraft, die Felswand hinaufzuklettern. Ich erreichte den Rand der Grube im letzten Stadium der Erschöpfung. Doch ich musste noch einen letzten Versuch unternehmen, um Pepper in Sicherheit zu bringen.

Langsam und müde zog ich an dem Seil. Ein oder zwei Mal schien es, als müsste ich aufgeben, denn Pepper ist ein schwerer Hund, und ich war völlig fertig. Doch loszulassen hätte den sicheren Tod für den Kumpel bedeutet, und der Gedanke daran spornte mich zu noch größeren Anstrengungen an. Ich habe nur eine sehr verschwommene Erinnerung an das Ende. Ich erinnere mich, dass ich mich durch Momente, die seltsam verzögert waren, gezogen habe. Ich kann mich auch daran erinnern, dass ich Peppers Schnauze nach einer scheinbar unbestimmten Zeitspanne über dem Rand der Grube auftauchen sah. Dann wurde plötzlich alles dunkel.

XIII. DIE FALLE IM GROSSEN KELLER

Ich muss wohl in Ohnmacht gefallen sein, denn das Nächste, woran ich mich erinnere, ist, dass ich die Augen öffnete und alles dämmerte. Ich lag auf dem Rücken, ein Bein unter das andere geschoben, und Pepper leckte mir die Ohren. Ich fühlte mich schrecklich steif, und mein Bein war vom Knie abwärts taub. Einige Minuten lang lag ich so in einer benommenen Kondition, dann kämpfte ich mich langsam in eine sitzende Position und sah mich um.

Es hatte aufgehört zu regnen, aber die Bäume tropften immer noch bedrohlich. Aus der Grube kam das ständige Murmeln von fließendem Wasser. Ich fühlte mich kalt und fröstelte. Meine Kleidung war durchnässt und ich hatte Schmerzen am ganzen Körper. Ganz langsam kehrte das Leben in mein betäubtes Bein zurück, und nach einer Weile versuchte ich aufzustehen. Das gelang mir beim zweiten Versuch, aber ich war sehr wackelig und merkwürdig schwach. Es schien mir, als würde ich krank werden, und ich machte mich daran, stolpernd zum Haus zu gehen. Meine Schritte waren sprunghaft und mein Kopf verwirrt. Bei jedem Schritt, den ich machte, schossen scharfe Schmerzen durch meine Glieder.

Ich war vielleicht dreißig Schritte gegangen, als ein Schrei von Pepper meine Aufmerksamkeit erregte, und ich drehte mich steif zu ihm um. Der alte Hund versuchte, mir zu folgen, kam aber nicht weiter, weil das Seil, mit dem ich ihn hochgezogen hatte, immer noch um seinen Körper gebunden war und das andere Ende nicht vom Baum gelöst worden war. Einen Moment lang fummelte ich kraftlos an den Knoten herum, aber sie waren nass und hart, und ich konnte nichts tun. Dann erinnerte ich mich an mein Messer, und in einer Minute war das Seil durchgeschnitten.

Wie ich das Haus erreicht habe, weiß ich nicht mehr, und an die folgenden Tage erinnere ich mich noch weniger. In einem Punkt bin ich mir sicher: Wäre es nicht die unermüdliche Liebe und Fürsorge meiner Schwester gewesen, hätte ich in diesem Moment nicht schreiben können.

Als ich wieder zu mir kam, musste ich feststellen, dass ich fast zwei Wochen lang im Bett gelegen hatte. Eine weitere Woche verging, bevor ich stark genug war, um in den Garten zu torkeln. Selbst dann war ich nicht in der Lage, bis zur Grube zu gehen. Ich hätte meine Schwester gerne gefragt, wie hoch das Wasser gestiegen war, aber ich hielt es für klüger, das Thema ihr gegenüber nicht zu erwähnen. Seitdem habe ich mir nämlich vorgenommen, niemals mit ihr über die seltsamen Dinge zu sprechen, die in diesem großen, alten Haus geschehen.

Es gelang mir erst ein paar Tage später, zum Pit hinüberzugehen. Dort stellte ich fest, dass sich in meiner mehrwöchigen Abwesenheit eine wundersame Veränderung vollzogen hatte. Anstelle der dreiteiligen Schlucht blickte ich auf einen großen See, dessen ruhige Oberfläche das Licht kalt reflektierte. Das Wasser war bis auf ein halbes Dutzend Meter an den Rand des Pit herangewachsen. Nur an einer Stelle war der See unruhig, und zwar oberhalb der Stelle, an der weit unten unter dem stillen Wasser der Eingang zu dem riesigen unterirdischen Loch gähnte. Hier blubberte es unaufhörlich, und gelegentlich drang ein seltsames, schluchzendes Glucksen aus der Tiefe empor. Darüber hinaus gab es nichts, was auf die Dinge hinwies, die darunter verborgen waren. Als ich dort stand, wurde mir klar, wie wundervoll die Dinge gelaufen waren. Der Eingang zu dem Ort, von dem die Schweinekreaturen gekommen waren, war durch eine Macht versiegelt, die mir das Gefühl gab, dass ich nichts mehr von ihnen zu befürchten hatte. Und doch hatte ich das Gefühl, dass ich nie mehr etwas über den Ort erfahren würde, von dem diese schrecklichen Dinge gekommen waren. Es war völlig abgeschottet und für immer vor der menschlichen Neugier verborgen.

Seltsam - in dem Wissen um dieses unterirdische Höllenloch - wie treffend die Namensgebung der Grube war. Man fragt sich, wie es entstanden ist und wann. Natürlich kommt man zu dem Schluss, dass die Form und die Tiefe der Schlucht den Namen 'Pit' nahelegen würden. Aber ist es nicht möglich, dass er von Anfang an eine tiefere Bedeutung hatte, einen Hinweis auf die größere, gewaltigere Grube, die weit unten in der Erde liegt, unter diesem alten Haus? Unter diesem Haus! Selbst jetzt ist mir der Gedanke noch fremd und schrecklich. Denn ich habe zweifelsfrei bewiesen, dass die Grube direkt unter dem Haus gähnt, das offensichtlich irgendwo über der Mitte des Hauses auf einem gewaltigen, gewölbten Dach aus massivem Felsen ruht.

So kam es, dass ich, als ich die Gelegenheit hatte, in die Keller hinabzusteigen, auf den Gedanken kam, dem großen Gewölbe, in dem sich die Falle befindet, einen Besuch abzustatten, um zu sehen, ob alles so war, wie ich es verlassen hatte.

Als ich dort ankam, ging ich langsam in der Mitte hinauf, bis ich zu der Falle kam. Es lag da, mit den aufgeschichteten Steinen, genau so, wie ich es zuletzt gesehen hatte. Ich hatte eine Laterne dabei und kam auf die Idee, dass jetzt ein guter Zeitpunkt wäre, um zu untersuchen, was unter der großen Eichenplatte lag. Ich stellte die Laterne auf den Boden, kippte die Steine aus der Falle und zog die Tür auf, indem ich den Ring ergriff. Als ich dies tat, wurde der Keller von einem murmelnden Donner erfüllt, der von weit unten aufstieg. Gleichzeitig wehte mir ein feuchter Wind ins Gesicht, der eine Ladung feiner Gischt mit sich brachte. Mit einem halb erschrockenen Gefühl der Verwunderung ließ ich die Falle eilig fallen.

Einen Moment lang stand ich verwirrt da. Ich hatte keine besondere Angst. Die quälende Angst vor den Schweine-Dingern hatte mich schon vor langer Zeit verlassen, aber ich war auf jeden Fall nervös und erstaunt. Dann überkam mich plötzlich ein Gedanke und ich hob die schwerfällige Tür mit einem Gefühl der Erregung an.

Ich ließ sie auf ihrem Ende stehen, ergriff die Laterne, kniete mich hin und schob sie in die Öffnung. Dabei trieben mir der feuchte Wind und die Gischt in die Augen, so dass ich einige Augenblicke lang nichts sehen konnte. Selbst als meine Augen wieder klar waren, konnte ich unter mir nichts außer Dunkelheit und aufgewirbelter Gischt erkennen.

Da ich erkannte, dass es sinnlos war, bei so viel Licht etwas zu erkennen, tastete ich in meinen Taschen nach einem Stück Schnur, um es weiter in die Öffnung hinabzulassen. Noch während ich fummelte, glitt mir die Laterne aus den Fingern und stürzte in die Dunkelheit hinab. Für einen kurzen Moment beobachtete ich den Sturz und sah, wie das Licht auf einem Wirbel aus weißem Schaum, etwa achtzig oder hundert Fuß unter mir, aufleuchtete. Dann war es verschwunden. Meine plötzliche Vermutung war richtig, und jetzt kannte ich die Ursache für das Nass und den Lärm. Der große Keller war durch den Siphon, der sich direkt über ihm öffnete, mit der Grube verbunden, und die Feuchtigkeit war die Gischt, die vom Wasser aufstieg und in die Tiefe fiel.

In einem Augenblick hatte ich eine Erklärung für bestimmte Dinge, die mich bis dahin verwirrt hatten. Jetzt konnte ich verstehen, warum die Geräusche in der ersten Nacht der Invasion direkt unter meinen Füßen zu entstehen schienen. Und das Kichern, das ertönt war, als ich die Falle zum ersten Mal öffnete! Offensichtlich waren einige der Swine-Dinger direkt unter mir gewesen.

Ein weiterer Gedanke kam mir in den Sinn. Waren die Kreaturen alle ertrunken? Würden sie ertrinken? Ich erinnerte mich daran, dass ich keine Spuren finden konnte, die beweisen, dass mein Schuss wirklich tödlich gewesen war. Hatten sie Leben, wie wir es verstehen, oder waren sie Leichenfledderer?

Diese Gedanken schossen mir durch den Kopf, als ich im Dunkeln stand und in meinen Taschen nach Streichhölzern suchte. Jetzt hatte ich die Schachtel in der Hand, zündete sie an, ging zur Falltür und schloss sie. Dann stapelte ich die Steine wieder darauf und machte mich auf den Weg aus dem Keller heraus.

Und so geht es wohl weiter, das Wasser donnert hinunter in diese bodenlose Höllengrube. Manchmal habe ich das unerklärliche Verlangen, in den großen Keller hinabzusteigen, die Falle zu öffnen und in die undurchdringliche, sprühend feuchte Dunkelheit zu blicken. Manchmal wird das Verlangen in seiner Intensität fast übermächtig. Es ist nicht bloße Neugier, die mich antreibt, sondern eher so, als ob ein unerklärlicher Einfluss am Werk wäre. Trotzdem gehe ich nicht hin und habe vor, die seltsame Sehnsucht zu bekämpfen und sie zu unterdrücken, so wie ich auch den unheiligen Gedanken der Selbstzerstörung unterdrücken würde.

Die Vorstellung, dass eine nicht greifbare Kraft ausgeübt wird, mag unbegründet erscheinen. Doch mein Instinkt warnt mich, dass es nicht so ist. In diesen Dingen scheint mir die Vernunft weniger vertrauenswürdig zu sein als der Instinkt.

Abschließend möchte ich noch einen Gedanken äußern, der sich mir immer stärker aufdrängt. Es ist der, dass ich in einem sehr seltsamen Haus lebe, einem sehr schrecklichen Haus. Und ich habe begonnen, mich zu fragen, ob es klug ist, hier zu bleiben. Doch wenn ich wegginge, wohin könnte ich gehen, um die Einsamkeit und das Gefühl ihrer Gegenwart[1] zu erhalten, die allein mein altes Leben erträglich machen?

XIV. DAS MEER DES SCHLAFS

Nach dem letzten Vorfall, über den ich in meinem Tagebuch berichtet habe, habe ich eine ganze Weile ernsthaft darüber nachgedacht, dieses Haus zu verlassen, und ich hätte es vielleicht auch getan, wenn da nicht die große und wunderbare Sache gewesen wäre, von der ich nun schreiben werde.

Wie gut war ich in meinem Herzen beraten, als ich hier blieb - trotz dieser Visionen und Anblicke unbekannter und unerklärlicher Dinge; denn wäre ich nicht geblieben, hätte ich das Gesicht der Frau, die ich liebte, nicht wieder gesehen. Ja, obwohl es nur wenige wissen, niemand außer meiner Schwester Mary, habe ich sie geliebt und, ach, verloren.

Ich würde die Geschichte jener süßen, alten Tage aufschreiben, aber es wäre wie das Aufreißen alter Wunden; doch was kümmert es mich nach all dem, was geschehen ist? Denn sie ist aus dem Unbekannten zu mir gekommen. Seltsamerweise hat sie mich gewarnt, sie hat mich leidenschaftlich vor diesem Haus gewarnt, sie hat mich angefleht, es zu verlassen, aber als ich sie fragte, gab sie zu, dass sie nicht zu mir hätte kommen können, wenn ich woanders gewesen wäre. Trotzdem warnte sie mich eindringlich und sagte mir, dass es ein Ort sei, der vor langer Zeit dem Bösen übergeben wurde und unter der Macht düsterer Gesetze stehe, von denen hier niemand etwas wisse. Und ich fragte sie gerade wieder, ob sie nicht woanders zu mir kommen würde, und sie konnte nur stumm dastehen.

Es war so, dass ich an den Ort des Schlafmeeres kam - so nannte sie es in ihrer lieben Rede mit mir. Ich war in meinem Arbeitszimmer aufgeblieben, um zu lesen, und muss über dem Buch eingeschlafen sein. Plötzlich wachte ich auf und setzte mich mit einem Ruck aufrecht hin. Einen Moment lang schaute ich mich um, mit dem verwirrten Gefühl, dass etwas Ungewöhnliches geschah. Der Raum sah neblig aus und jeder Tisch, jeder Stuhl und jedes Möbelstück wirkte seltsam weich.

Allmählich nahm der Nebel zu und wuchs sozusagen aus dem Nichts. Dann, ganz langsam, begann ein sanftes, weißes Licht im Raum zu leuchten. Die Flammen der Kerzen schimmerten blass hindurch. Ich blickte von einer Seite zur anderen und stellte fest, dass ich immer noch jedes Möbelstück sehen konnte, aber auf eine seltsam unwirkliche Weise, eher so, als ob der Geist jedes Tisches und jedes Stuhls den Platz des festen Gegenstandes eingenommen hätte.

Allmählich sah ich sie verblassen und verblassen, bis sie sich langsam in Nichts auflösten. Jetzt schaute ich wieder auf die Kerzen. Sie leuchteten fahl und wurden immer unwirklicher, während ich sie beobachtete, und verschwanden schließlich. Der Raum war nun von einem sanften, aber leuchtenden, weißen Zwielicht erfüllt, wie ein leichter Lichtnebel. Darüber hinaus konnte ich nichts sehen. Sogar die Wände waren verschwunden.

In diesem Moment wurde ich mir bewusst, dass ein schwaches, kontinuierliches Geräusch die Stille durchdrang, die mich einhüllte. Ich lauschte angestrengt. Es wurde immer deutlicher, bis es mir schien, als lauschte ich dem Atem eines großen Meeres. Ich kann nicht sagen, wie viel Zeit verging, aber nach einer Weile schien es, als könnte ich durch den Nebel hindurchsehen, und langsam wurde mir bewusst, dass ich am Ufer eines riesigen, stillen Meeres stand. Dieses Ufer war glatt und lang und verschwand rechts und links von mir in extremen Entfernungen. Vor mir schwamm ein stiller, unermesslicher, schlafender Ozean. Manchmal schien es mir, als würde ich einen schwachen Lichtschimmer unter der Oberfläche wahrnehmen, aber ich konnte mir dessen nicht sicher sein. Hinter mir erhoben sich hagere, schwarze Klippen in eine außergewöhnliche Höhe.

Über mir war der Himmel von einem gleichmäßigen, kalten Grau - alles erhellt von einer gewaltigen Kugel aus blassem Feuer, die ein wenig über dem fernen Horizont schwamm und ein schaumiges Licht über die ruhigen Gewässer warf.

Jenseits des sanften Rauschens des Meeres herrschte eine tiefe Stille. Lange Zeit blieb ich dort stehen und blickte auf diese Fremdartigkeit. Dann, während ich starrte, schien es, als würde eine weiße Schaumblase aus der Tiefe aufsteigen, und dann, ich weiß bis heute nicht, wie es geschah, blickte ich auf, ja, ich blickte in ihr Gesicht, in ihre Seele, und sie blickte mich mit einer solchen Mischung aus Freude und Traurigkeit an, dass ich blindlings zu ihr hinlief und sie in einem Anfall von Erinnerung, Schrecken und Hoffnung auf seltsame Weise bat, zu mir zu kommen. Doch trotz meines Weinens blieb sie dort draußen auf dem Meer und schüttelte nur traurig den Kopf; aber in ihren Augen lag das alte, erdverbundene Licht der Zärtlichkeit, das ich vor allen Dingen kennengelernt hatte, bevor wir uns trennten.

"Ihre Perversität ließ mich verzweifeln und ich versuchte, zu ihr zu waten, doch ich konnte es nicht. Irgendetwas, eine unsichtbare Barriere, hielt mich zurück, und ich wollte am liebsten dort bleiben, wo ich war, und ihr aus tiefster Seele zurufen: 'Oh, mein Liebling, mein Liebling', aber ich konnte nichts mehr sagen, so intensiv war es. Und dann kam sie ganz schnell zu mir und berührte mich, und es war, als hätte sich der Himmel geöffnet. Doch als ich meine Hände nach ihr ausstreckte, schob sie mich mit zärtlich strengen Händen von sich, und ich war niedergeschlagen..."

DIE FRAGMENTE[2]

(Die lesbaren Teile der verstümmelten Blätter.)

... durch Tränen ... Lärm der Ewigkeit in meinen Ohren, trennten wir uns ... Sie, die ich liebe. Oh, mein Gott ...!

Ich war eine ganze Weile benommen, und dann war ich allein in der Schwärze der Nacht. Ich wusste, dass ich noch einmal zurück in das bekannte Universum reiste. Kurz darauf tauchte ich aus dieser enormen Dunkelheit auf. Ich befand mich zwischen den Sternen ... der unendlichen Zeit ... der Sonne, weit und fern.

Ich trat in die Kluft ein, die unser System von den äußeren Sonnen trennt. Während ich die trennende Dunkelheit durchquerte, beobachtete ich unablässig die immer größer werdende Helligkeit und Größe unserer Sonne. Einmal blickte ich zu den Sternen zurück und sah, wie sie sich gleichsam in meinem Kielwasser vor dem mächtigen Hintergrund der Nacht bewegten, so groß war die Geschwindigkeit, mit der mein Geist vorbeizog.

Ich näherte mich unserem System, und nun konnte ich den Glanz des Jupiters sehen. Später erkannte ich den kalten, blauen Schimmer der Erdlaterne.... Ich hatte einen Moment der Verwirrung. Überall um die Sonne herum schienen helle Objekte zu sein, die sich in schnellen Bahnen bewegten. Im Inneren, nahe der wilden Herrlichkeit der Sonne, kreisten zwei flüchtige Lichtpunkte, und weiter weg flog ein blauer, leuchtender Fleck, von dem ich wusste, dass er die Erde war. Es umkreiste die Sonne in einem Abstand, der nicht länger als eine Erdminute zu sein schien.

... näherte sich mit großer Geschwindigkeit. Ich sah die Strahlen von Jupiter und Saturn, die sich mit unglaublicher Geschwindigkeit in riesigen Bahnen drehten. Und immer näher kam ich und blickte auf diesen seltsamen Anblick - das sichtbare Kreisen der Planeten um die Muttersonne. Es war, als ob die Zeit für mich ausgelöscht worden wäre, so dass ein Jahr für meinen unbefleckten Geist nicht mehr war als ein Augenblick für eine erdgebundene Seele.

Die Geschwindigkeit der Planeten schien zuzunehmen, und bald sah ich die Sonne, die von haarförmigen Kreisen aus verschiedenfarbigem Feuer umgeben war - die Bahnen der Planeten, die mit gewaltiger Geschwindigkeit um die zentrale Flamme rannten. ....

"... die Sonne wurde riesig, als ob sie mir entgegensprang.... Und nun befand ich mich innerhalb des Kreises der äußeren Planeten und flog schnell auf den Ort zu, an dem die Erde, die durch den blauen Glanz ihrer Umlaufbahn wie ein feuriger Nebel schimmerte, die Sonne mit einer ungeheuren Geschwindigkeit umkreiste...." [3]

XV. DER LÄRM IN DER NACHT

Und nun komme ich zum seltsamsten aller seltsamen Ereignisse, die mir in diesem Haus der Geheimnisse widerfahren sind. Es geschah erst vor kurzem - innerhalb eines Monats - und ich habe kaum Zweifel daran, dass das, was ich sah, in Wirklichkeit das Ende aller Dinge war. Doch nun zu meiner Geschichte.

Ich weiß nicht, wie es ist, aber bis heute war ich nie in der Lage, diese Dinge direkt aufzuschreiben, wenn sie passiert sind. Es ist, als müsste ich eine Zeit lang warten, um mein Gleichgewicht wiederzufinden und die Dinge, die ich gehört oder gesehen habe, sozusagen zu verdauen. Zweifellos ist das auch gut so, denn wenn ich warte, sehe ich die Geschehnisse wahrhaftiger und schreibe sie in einem ruhigeren und gerechteren Geisteszustand auf. Dies nur so nebenbei.

Es ist jetzt Ende November. Meine Geschichte bezieht sich auf ein Ereignis in der ersten Woche des Monats.

Es war nachts, etwa um elf Uhr. Pepper und ich leisteten uns Gesellschaft in meinem Arbeitszimmer, diesem großen, alten Raum, in dem ich lese und arbeite. Seltsamerweise las ich gerade die Bibel. In den letzten Tagen habe ich begonnen, mich immer mehr für dieses große und alte Buch zu interessieren. Plötzlich erschütterte ein deutliches Beben das Haus und ein schwaches, weit entferntes Summen, das sich schnell zu einem fernen, dumpfen Schreien ausweitete. Es erinnerte mich auf eine seltsame, gigantische Art und Weise an das Geräusch, das eine Uhr macht, wenn man den Verschluss löst und sie herunterlaufen lässt. Das Geräusch schien aus einer entfernten Höhe zu kommen - irgendwo oben in der Nacht. Der Schock wiederholte sich nicht. Ich schaute zu Pepper hinüber. Er schlief friedlich.

Allmählich wurde das surrende Geräusch leiser, und es trat eine lange Stille ein.

Plötzlich erhellte ein Licht das hintere Fenster, das weit aus dem Haus herausragt, so dass man von dort aus sowohl nach Osten als auch nach Westen sehen kann. Ich war verwirrt und ging nach kurzem Zögern durch den Raum und zog die Jalousie zur Seite. Als ich dies tat, sah ich die Sonne hinter dem Horizont aufgehen. Es ging mit einer gleichmäßigen, wahrnehmbaren Bewegung auf. Ich konnte sehen, wie sie nach oben wanderte. In einer Minute, so schien es, hatte sie die Wipfel der Bäume erreicht, durch die ich sie beobachtet hatte. Hoch, hoch - es war jetzt helllichter Tag. Hinter mir nahm ich ein scharfes, moskitohaftes Summen wahr. Ich blickte mich um und wusste, dass es von der Uhr kam. Noch während ich hinschaute, zeigte es eine Stunde an. Der Minutenzeiger bewegte sich um das Zifferblatt, schneller als ein gewöhnlicher Sekundenzeiger. Der Stundenzeiger bewegte sich schnell von Raum zu Raum. Ich hatte ein taubes Gefühl des Erstaunens. Einen Moment später, so schien es, erloschen die beiden Kerzen, fast gleichzeitig. Ich drehte mich schnell zum Fenster zurück, denn ich hatte den Schatten des Fensterrahmens gesehen, der sich über den Boden auf mich zu bewegte, als ob eine große Lampe am Fenster vorbeigetragen worden wäre.

Jetzt sah ich, dass die Sonne hoch am Himmel stand und sich immer noch sichtbar bewegte. Es ging über dem Haus vorbei, mit einer außergewöhnlichen segelnden Art von Bewegung. Als das Fenster in den Schatten geriet, sah ich eine weitere außergewöhnliche Sache. Die Schönwetterwolken zogen nicht einfach über den Himmel - sie huschten, als ob ein Wind mit hundert Meilen pro Stunde wehte. Als sie vorbeizogen, änderten sie tausendmal pro Minute ihre Form, als würden sie sich mit einem seltsamen Leben winden, und dann waren sie weg. Und bald darauf kamen andere und zogen ebenfalls davon.

Im Westen sah ich die Sonne mit einer unglaublichen, gleichmäßigen und schnellen Bewegung untergehen. Im Osten krochen die Schatten von allem, was ich sah, auf das kommende Grau zu. Und die Bewegung der Schatten war für mich sichtbar - ein verstohlenes, sich windendes Kriechen der Schatten der vom Wind aufgewühlten Bäume. Es war ein seltsamer Anblick.

Schnell begann sich der Raum zu verdunkeln. Die Sonne glitt zum Horizont hinunter und schien sozusagen mit einem Ruck aus meinem Blickfeld zu verschwinden. Durch das Grau des schnellen Abends sah ich die silberne Mondsichel, die aus dem südlichen Himmel in Richtung Westen fiel. Der Abend schien fast sofort in eine Nacht überzugehen. Über mir zogen die vielen Sternbilder in einem seltsamen, 'geräuschlosen' Kreisen westwärts. Der Mond fiel durch die letzten tausend Klafter des Nachthimmels, und es gab nur noch das Sternenlicht....

Etwa um diese Zeit hörte das Summen in der Ecke auf, was mir sagte, dass die Uhr abgelaufen war. Ein paar Minuten vergingen, und ich sah, wie sich der Himmel im Osten aufhellte. Ein grauer, düsterer Morgen breitete sich in der ganzen Dunkelheit aus und verdeckte den Lauf der Sterne. Über mir bewegte sich ein riesiger, nahtloser Himmel aus grauen Wolken mit einem schweren, immerwährenden Schwanken - ein Wolkenhimmel, der an einem gewöhnlichen Erdentag unbeweglich gewesen wäre. Die Sonne blieb mir verborgen, aber von einem Moment zum anderen erhellte und verdunkelte sich die Welt, erhellte und verdunkelte sich, in Wellen von subtilem Licht und Schatten....

Das Licht verschob sich immer weiter nach Westen, und die Nacht brach über die Erde herein. Es schien ein gewaltiger Regen aufzutreten und ein Wind von außerordentlicher Lautstärke - als ob das Heulen eines nächtlichen Sturms in den Zeitraum von nur einer Minute gepackt würde.

Dieser Lärm verging fast augenblicklich, und die Wolken rissen auf, so dass ich wieder den Himmel sehen konnte. Die Sterne flogen mit erstaunlicher Geschwindigkeit in Richtung Westen. Es fiel mir jetzt zum ersten Mal auf, dass das Geräusch des Windes zwar vorbei war, aber dennoch ein ständiges 'verschwommenes' Geräusch in meinen Ohren war. Jetzt, wo ich es bemerkte, wurde mir bewusst, dass es mich die ganze Zeit über begleitet hatte. Es war das Geräusch der Welt.

Und dann, gerade als ich so viel begreifen wollte, kam das Licht aus dem Osten. Nicht mehr als ein paar Herzschläge, und die Sonne ging auf, schnell. Durch die Bäume hindurch sah ich es, und dann war es über den Bäumen. Es stieg auf, und die ganze Welt war hell. Es ging mit einem schnellen, gleichmäßigen Schwung auf seine höchste Höhe und fiel von dort aus nach Westen. Ich sah, wie der Tag sichtbar über meinen Kopf hinwegzog. Ein paar leichte Wolken flatterten nach Norden und verschwanden. Die Sonne ging mit einem raschen, klaren Sturz unter, und um mich herum war für einige Sekunden das immer dunkler werdende Grau der Dämmerung zu sehen.

Im Süden und Westen ging der Mond schnell unter. Die Nacht war bereits angebrochen. Es schien nur eine Minute zu dauern, bis der Mond die restlichen Klafter des dunklen Himmels unterging. Noch eine Minute oder so, und der Himmel im Osten glühte im Licht der kommenden Morgendämmerung. Die Sonne sprang mit einer beängstigenden Plötzlichkeit auf mich zu und stieg immer schneller dem Zenit entgegen. Dann sah ich plötzlich etwas Neues. Eine schwarze Gewitterwolke schoss aus dem Süden heran und schien in einem einzigen Augenblick den ganzen Bogen des Himmels zu überspannen. Als es kam, sah ich, dass sein vorauseilender Rand wie ein monströses schwarzes Tuch am Himmel flatterte, sich schnell drehte und wogte, mit einer schrecklichen Anziehungskraft. In einem Augenblick war die ganze Luft voller Regen, und hundert Blitze schienen wie in einem einzigen großen Schauer nach unten zu strömen. In derselben Sekunde ging der Lärm der Welt im Tosen des Windes unter, und dann schmerzten meine Ohren unter dem betäubenden Aufprall des Donners.

Und inmitten dieses Sturms kam die Nacht, und innerhalb einer weiteren Minute war der Sturm vorbei, und ich hörte nur noch das ständige "Verschwimmen" des Weltlärms. Am Himmel glitten die Sterne schnell nach Westen, und etwas, vielleicht die besondere Geschwindigkeit, die sie erreicht hatten, machte mir zum ersten Mal bewusst, dass es die Welt war, die sich drehte. Ich schien plötzlich zu sehen, wie sich die Welt - eine riesige, dunkle Masse - sichtbar vor den Sternen drehte.

Die Morgendämmerung und die Sonne schienen zusammenzukommen, so sehr hatte sich die Geschwindigkeit der Weltumdrehung erhöht. Die Sonne stieg in einer langen, gleichmäßigen Kurve empor, überschritt ihren höchsten Punkt und tauchte in den westlichen Himmel ein und verschwand. Ich war mir des Abends kaum bewusst, so kurz war er. Dann beobachtete ich die fliegenden Sternbilder und den nach Westen eilenden Mond. In Sekundenschnelle, so schien es, glitt er durch das Nachtblau hinab und war dann verschwunden. Und fast direkt danach kam der Morgen.

Und jetzt schien es eine seltsame Beschleunigung zu geben. Die Sonne machte einen sauberen, klaren Strich durch den Himmel und verschwand hinter dem westlichen Horizont, und die Nacht kam und ging mit der gleichen Eile.

Als sich der nächste Tag über der Welt öffnete und wieder schloss, bemerkte ich, dass plötzlich Schnee auf der Erde lag. Die Nacht kam und fast sofort auch der Tag. In dem kurzen Sprung der Sonne sah ich, dass der Schnee verschwunden war, und dann war es wieder Nacht.

So war es, und selbst nach den vielen unglaublichen Dingen, die ich gesehen habe, empfand ich die ganze Zeit über eine tiefe Ehrfurcht. Die Sonne auf- und untergehen zu sehen, innerhalb einer Zeitspanne, die in Sekunden gemessen werden kann; zu beobachten, wie (nach einer Weile) der Mond - eine blasse und immer größer werdende Kugel - in den Nachthimmel springt und mit einer seltsamen Schnelligkeit durch den weiten blauen Bogen gleitet; und bald darauf die Sonne folgen zu sehen, die aus dem östlichen Himmel hervorspringt, als sei sie auf der Jagd; und dann wieder die Nacht mit dem schnellen und geisterhaften Vorbeiziehen der Sternenkonstellationen, das war alles zu viel, um es glaubhaft zu sehen. Und doch war es so - der Tag ging von der Morgendämmerung in die Abenddämmerung über, und die Nacht ging immer schneller und schneller in den Tag über.

Die letzten drei Durchgänge der Sonne hatten mir eine schneebedeckte Erde gezeigt, die in der Nacht unter dem schnell wechselnden Licht des auf- und absteigenden Mondes für einige Sekunden unglaublich unheimlich wirkte. Jetzt jedoch war der Himmel für eine kurze Zeit von einem Meer aus schwankenden, bleischwarzen Wolken verdeckt, die sich abwechselnd aufhellten und verdunkelten, je nachdem, ob der Tag oder die Nacht vorüberging.

Die Wolken kräuselten sich und verschwanden, und vor mir war wieder der Anblick der schnell springenden Sonne und der Nächte, die wie Schatten kamen und gingen.

Schneller und schneller drehte sich die Welt. Und nun war jeder Tag und jede Nacht innerhalb weniger Sekunden vorbei, und die Geschwindigkeit nahm weiter zu.

Wenig später bemerkte ich, dass die Sonne begonnen hatte, den Verdacht eines Feuerschweifs hinter sich her zu ziehen. Das lag offensichtlich an der Geschwindigkeit, mit der sie den Himmel durchquerte. Und je schneller die Tage vergingen, desto mehr nahm die Sonne das Aussehen eines riesigen, flammenden Kometen[4] an, der in kurzen, periodischen Abständen über den Himmel flog. Nachts präsentierte der Mond in Wahrheit einen kometenähnlichen Aspekt, eine blasse und einzigartig klare, schnell wandernde Feuergestalt, die Schlieren kalter Flammen hinter sich herzieht. Die Sterne waren jetzt nur noch als feine Feuerhaare in der Dunkelheit zu sehen.

Einmal wandte ich mich vom Fenster ab und blickte zu Pepper. In einem kurzen Augenblick sah ich, dass er ruhig schlief, und ich wandte mich wieder meiner Beobachtung zu.

Die Sonne brach jetzt wie eine gewaltige Raumfähre am östlichen Horizont hervor und schien nicht mehr als ein oder zwei Sekunden zu brauchen, um von Ost nach West zu fliegen. Ich konnte nicht mehr erkennen, dass Wolken über den Himmel zogen, der sich etwas verdunkelt zu haben schien. Die kurzen Nächte schienen die eigentliche Dunkelheit der Nacht verloren zu haben, so dass das haarfeine Feuer der fliegenden Sterne nur noch schemenhaft zu erkennen war. Mit zunehmender Geschwindigkeit begann die Sonne am Himmel sehr langsam von Süden nach Norden und dann wieder langsam von Norden nach Süden zu wandern.

So vergingen die Stunden in einer seltsamen Verwirrung des Geistes.

Die ganze Zeit über hatte Pepper geschlafen. Als ich mich plötzlich einsam und verzweifelt fühlte, rief ich leise nach ihm, aber er nahm keine Notiz davon. Ich rief erneut und erhob meine Stimme leicht, doch er rührte sich nicht. Ich ging zu ihm hinüber und berührte ihn mit dem Fuß, um ihn zu wecken. Bei dieser sanften Berührung brach er in sich zusammen. Er zerfiel buchstäblich und tatsächlich in einen morschen Haufen aus Knochen und Staub.

Vielleicht eine Minute lang starrte ich auf den formlosen Haufen hinunter, der einmal Pepper gewesen war. Ich stand da und war fassungslos. Was kann passiert sein? fragte ich mich und begriff nicht sofort die düstere Bedeutung dieses kleinen Aschehügels. Dann, als ich den Haufen mit meinem Fuß umrührte, wurde mir klar, dass dies nur in einem großen Zeitraum geschehen konnte. Jahre - und Jahre.

Draußen hielt das wehende, flatternde Licht die Welt fest. Drinnen stand ich und versuchte zu verstehen, was es zu bedeuten hatte - was dieser kleine Haufen aus Staub und trockenen Knochen auf dem Teppich bedeutete. Aber ich konnte nicht denken, nicht zusammenhängend.

Ich schaute mich im Raum um und bemerkte zum ersten Mal, wie staubig und alt der Raum aussah. Überall Staub und Schmutz, der sich in den Ecken zu kleinen Haufen auftürmte und sich auf den Möbeln verteilte. Der Teppich selbst war unsichtbar unter einer Schicht aus demselben, alles durchdringenden Material. Als ich ging, stiegen unter meinen Schritten kleine Wolken aus dem Zeug auf und verpesteten meine Nasenlöcher mit einem trockenen, bitteren Geruch, der mich heiser keuchen ließ.

Als mein Blick plötzlich wieder auf Peppers Überreste fiel, blieb ich stehen und fragte mich laut, ob die Jahre wirklich vergehen, ob das, was ich für eine Vision gehalten hatte, in Wahrheit Wirklichkeit war. Ich hielt inne. Ein neuer Gedanke war mir gekommen. Schnell, aber mit Schritten, die, wie ich zum ersten Mal feststellte, wackelig waren, ging ich durch den Raum zu dem großen Fensterglas und schaute hinein. Es war zu sehr mit Schmutz bedeckt, um irgendeine Reflexion wiederzugeben, und mit zitternden Händen begann ich, den Schmutz abzureiben. Plötzlich konnte ich mich selbst sehen. Der Gedanke, der mir in den Sinn gekommen war, bestätigte sich. Statt des großen, kräftigen Mannes, der kaum wie fünfzig aussah, sah ich einen gebeugten, gebrechlichen Mann, dessen Schultern gebeugt waren und dessen Gesicht die Falten eines Jahrhunderts trug. Das Haar, das vor wenigen Stunden noch fast kohlschwarz gewesen war, war jetzt silbrig weiß. Nur die Augen waren hell. Allmählich entdeckte ich in diesem alten Mann eine schwache Ähnlichkeit mit mir selbst von früher.

Ich wandte mich ab und taumelte zum Fenster. Ich wusste jetzt, dass ich alt war, und dieses Wissen schien meinen zitternden Gang zu bestätigen. Eine Weile starrte ich launisch hinaus in die verschwommene, sich verändernde Landschaft. Selbst in dieser kurzen Zeit verging ein Jahr, und mit einer gereizten Geste verließ ich das Fenster. Dabei bemerkte ich, dass meine Hand vor Altersschwäche zitterte, und ein kurzer Schluchzer bahnte sich seinen Weg über meine Lippen.

Eine Weile schritt ich zitternd zwischen dem Fenster und dem Tisch hin und her, wobei mein Blick unruhig hin und her wanderte. Wie baufällig der Raum war. Überall lag der dicke Staub - dick, schläfrig und schwarz. Der Kotflügel war eine Form von Rost. Die Ketten, an denen die Messinggewichte hingen, waren schon vor langer Zeit durchgerostet, und nun lagen die Gewichte auf dem Boden darunter, zwei Kegel aus Grünspan.

Es schien mir, als ob ich die Möbel des Raumes vor meinen Augen verrotten und verfallen sehen konnte. Das war auch keine Einbildung meinerseits, denn mit einem Mal brach das Bücherregal an der Seitenwand mit einem Knacken und Zerreißen von verrottetem Holz zusammen, so dass sein Inhalt auf den Boden fiel und den Raum mit einem Schwall staubiger Atome erfüllte.

Wie müde ich mich fühlte. Es schien mir, als könnte ich meine trockenen Gelenke bei jedem Schritt knarren und knacken hören. Ich fragte mich nach meiner Schwester. War sie auch tot, genauso wie Pepper? Alles war so schnell und plötzlich passiert. Das muss in der Tat der Anfang vom Ende aller Dinge sein! Es kam mir in den Sinn, nach ihr zu suchen, aber ich fühlte mich zu müde. Und dann war sie in letzter Zeit so seltsam, was diese Ereignisse betraf. In letzter Zeit! Ich wiederholte die Worte und lachte leise, als mir bewusst wurde, dass ich von einer Zeit sprach, die ein halbes Jahrhundert zurücklag. Ein halbes Jahrhundert! Es hätte doppelt so lang sein können!

Ich ging langsam zum Fenster und blickte noch einmal hinaus in die Welt. Ich kann den Ablauf von Tag und Nacht in dieser Zeit am besten als eine Art gigantisches, schwerfälliges Flackern beschreiben. Moment für Moment setzte sich die Beschleunigung der Zeit fort, so dass ich den Mond nachts nur noch als eine schwankende Spur aus blassem Feuer sah, die von einer bloßen Lichtlinie zu einem nebligen Pfad wechselte und dann wieder schwächer wurde und regelmäßig verschwand.

Das Flackern der Tage und Nächte wurde immer schneller. Die Tage waren merklich dunkler geworden, und eine seltsame Dämmerung lag gleichsam in der Atmosphäre. Die Nächte waren so viel heller, dass die Sterne kaum noch zu sehen waren, außer hier und da ein haarfeiner Feuerstreifen, der sich mit dem Mond ein wenig zu bewegen schien.

Schneller und immer schneller verging das Flackern von Tag und Nacht, und plötzlich, so schien es mir, war das Flackern erloschen und stattdessen herrschte ein vergleichsweise gleichmäßiges Licht, das die ganze Welt mit einem ewigen Flammenstrom überzog, der sich in gewaltigen, mächtigen Schwüngen nach Norden und Süden bewegte.

Der Himmel war nun sehr viel dunkler geworden, und in seinem Blau lag eine schwere Düsternis, als ob eine riesige Schwärze durch ihn hindurch auf die Erde spähte. Es war aber auch eine seltsame und furchtbare Klarheit und Leere darin. Von Zeit zu Zeit erhaschte ich einen Blick auf eine geisterhafte Feuerspur, die sich dünn und dunkel auf den Sonnenstrom zubewegte, verschwand und wieder auftauchte. Es war der kaum sichtbare Mondstrom.

Als ich auf die Landschaft blickte, war ich mir erneut eines verschwommenen 'Flimmerns' bewusst, das entweder vom Licht des schwerfälligen Sonnenstroms herrührte oder das Ergebnis der unglaublich schnellen Veränderungen der Erdoberfläche war. Und alle paar Augenblicke, so schien es, legte sich der Schnee plötzlich auf die Welt und verschwand so abrupt, als würde ein unsichtbarer Riese ein weißes Laken von der Erde weg- und auf die Erde hinaufhuschen.

Die Zeit verrann, und die Müdigkeit, die ich empfand, wurde unerträglich. Ich wandte mich vom Fenster ab und ging einmal quer durch den Raum, wobei der schwere Staub das Geräusch meiner Schritte dämpfte. Jeder Schritt, den ich tat, schien eine größere Anstrengung zu sein als der vorherige. Ein unerträglicher Schmerz durchfuhr mich in allen Gelenken und Gliedern, während ich mit müder Unsicherheit meinen Weg ging.

An der gegenüberliegenden Wand hielt ich inne und fragte mich im Dunkeln, was ich eigentlich wollte. Ich blickte zu meiner Linken und sah meinen alten Stuhl. Der Gedanke, mich darauf zu setzen, tröstete mich in meinem verwirrten Elend. Doch weil ich so müde und alt und erschöpft war, konnte ich mich kaum zu etwas anderem aufraffen als aufzustehen und mir zu wünschen, die paar Meter hinter mich zu bringen. Ich schwankte, während ich stand. Sogar der Boden schien ein Ort zum Ausruhen zu sein, aber der Staub lag so dick und schläfrig und schwarz. Mit einer großen Willensanstrengung drehte ich mich um und ging auf meinen Stuhl zu. Mit einem dankbaren Seufzer erreichte ich es. Ich setzte mich hin.

Alles um mich herum schien sich zu verdunkeln. Es war alles so fremd und unvorstellbar. Gestern Abend war ich noch ein vergleichsweise starker, wenn auch älterer Mann, und jetzt, nur ein paar Stunden später...! Ich blickte auf den kleinen Staubhaufen, der einst Pepper gewesen war. Stunden! und ich lachte, ein schwaches, bitteres Lachen, ein schrilles, gackerndes Lachen, das meine schwindenden Sinne erschreckte.

Eine Zeit lang muss ich gedöst haben. Dann öffnete ich mit einem Schreck die Augen. Irgendwo auf der anderen Seite des Raumes hatte es ein dumpfes Geräusch gegeben, als ob etwas gefallen wäre. Ich schaute mich um und sah vage eine Staubwolke, die über einem Haufen Schutt schwebte. Näher an der Tür fiel etwas anderes mit einem Krachen um. Es war einer der Schränke, aber ich war müde und beachtete ihn nicht weiter. Ich schloss die Augen und saß in einem Zustand von Schläfrigkeit und Halbunwissenheit da. Ein oder zwei Mal hörte ich schwache Geräusche, als ob sie durch dichten Nebel kamen. Dann muss ich geschlafen haben.

XVI. DAS ERWACHEN

Ich erwachte mit einem Schreck. Einen Moment lang fragte ich mich, wo ich war. Dann kam die Erinnerung zu mir....

Das Zimmer war immer noch von diesem seltsamen Licht erhellt, das halb Sonne, halb Mond war. Ich fühlte mich erfrischt, und die müden, erschöpften Schmerzen hatten mich verlassen. Ich ging langsam zum Fenster hinüber und sah hinaus. Über mir trieb der Fluss der Flammen in einem tanzenden Halbkreis aus Feuer auf und ab, von Norden nach Süden. Es schien, als würde es wie ein mächtiger Schlitten im Windschatten der Zeit - in meiner plötzlichen Fantasie - die Plektren der Jahre nach Hause schlagen. Denn der Lauf der Zeit hatte sich so sehr beschleunigt, dass es kein Gefühl mehr dafür gab, dass die Sonne von Osten nach Westen wanderte. Die einzige offensichtliche Bewegung war der Nord- und Südschlag des Sonnenstroms, der jetzt so schnell geworden war, dass man ihn besser als Zittern bezeichnen könnte.

Als ich hinausschaute, kam mir plötzlich eine unbestimmte Erinnerung an die letzte Reise durch die äußeren Welten in den Sinn. Ich erinnerte mich an den plötzlichen Anblick, der sich mir bot, als ich mich dem Sonnensystem näherte, an die schnell um die Sonne kreisenden Planeten - so als ob die herrschende Qualität der Zeit außer Kraft gesetzt worden wäre und die Maschine eines Universums eine Ewigkeit in wenigen Augenblicken oder Stunden ablaufen lassen würde. Die Erinnerung verging, zusammen mit einer, wenn auch nur teilweise verstandenen, Andeutung, dass mir ein Blick in weitere Zeiträume gewährt worden war. Ich starrte wieder hinaus, scheinbar auf das Beben des Sonnenstroms. Die Geschwindigkeit schien sich zu erhöhen, selbst während ich hinschaute. Mehrere Lebenszeiten kamen und gingen, während ich zusah.

Plötzlich wurde mir mit einer Art groteskem Ernst klar, dass ich noch am Leben war. Ich dachte an Pepper und fragte mich, wie es sein konnte, dass ich nicht sein Schicksal ereilt hatte. Er hatte die Zeit des Sterbens erreicht und war gestorben, wahrscheinlich durch die schiere Länge der Jahre. Und hier war ich, lebendig, hunderttausende von Jahrhunderten nach meiner rechtmäßigen Zeitspanne.

Eine Zeit lang grübelte ich abwesend. 'Gestern...' Ich hielt plötzlich inne. Gestern! Es gab kein Gestern. Das Gestern, von dem ich sprach, war vom Abgrund der Jahre verschluckt worden, längst vergangen. Ich wurde ganz benommen vom vielen Nachdenken.

Plötzlich wandte ich mich vom Fenster ab und sah mich im Zimmer um. Es schien anders zu sein - seltsam, völlig anders. Dann wusste ich, was es war, das es so seltsam erscheinen ließ. Es war kahl: Es gab kein einziges Möbelstück im Raum, nicht einmal eine einzige Armatur irgendeiner Art. Allmählich wich mein Erstaunen, als ich mich daran erinnerte, dass dies nur das unvermeidliche Ende des Verfallsprozesses war, dessen Beginn ich vor meinem Schlaf miterlebt hatte. Tausende von Jahren! Millionen von Jahren!

Über den Boden hatte sich eine tiefe Staubschicht gelegt, die bis zur halben Höhe der Fensterbank reichte. Es war ins Unermessliche gewachsen, während ich schlief, und stellte den Staub ungezählter Zeitalter dar. Zweifellos trugen Atome der alten, verfallenen Möbel dazu bei, die Masse anschwellen zu lassen, und irgendwo unter all dem vermoderte der längst verstorbene Pepper.

Mit einem Mal fiel mir ein, dass ich mich nicht daran erinnern konnte, nach dem Aufwachen knietief durch all den Staub gewatet zu sein. Es war zwar eine unglaubliche Anzahl von Jahren vergangen, seit ich mich dem Fenster genähert hatte, aber das war offensichtlich nichts im Vergleich zu den unzähligen Zeiträumen, die, wie ich mir vorstellte, während des Schlafs verschwunden waren. Jetzt erinnerte ich mich daran, dass ich in meinem alten Sessel sitzend eingeschlafen war. War es weg ...? Ich blickte in die Richtung, in der er gestanden hatte. Natürlich war dort kein Stuhl mehr zu sehen. Ich konnte mich nicht vergewissern, ob er verschwunden war, nachdem ich aufgewacht war, oder davor. Wenn er unter mir vermodert wäre, hätte mich der Einsturz sicherlich geweckt. Dann fiel mir ein, dass der dicke Staub, der den Boden bedeckte, ausgereicht hätte, um meinen Sturz abzufedern, so dass es durchaus möglich war, dass ich eine Million Jahre oder länger auf dem Staub geschlafen hatte.

Während mir diese Gedanken durch den Kopf gingen, blickte ich wieder beiläufig dorthin, wo der Stuhl gestanden hatte. Da fiel mir zum ersten Mal auf, dass es zwischen Es und dem Fenster keine Spuren meiner Fußabdrücke im Staub gab. Aber es waren viele Jahre vergangen, seit ich erwacht war - Zehntausende von Jahren!

Mein Blick ruhte nachdenklich wieder auf dem Platz, wo einst mein Stuhl gestanden hatte. Plötzlich ging ich von der Abstraktion zur Aufmerksamkeit über, denn dort, wo er stand, erkannte ich eine lange Welle, die von schwerem Staub abgerundet wurde. Doch es war nicht so sehr verborgen, sondern ich konnte erkennen, was es verursacht hatte. Ich wusste, dass es sich um einen menschlichen Körper handelte, der schon lange tot war und unter der Stelle lag, an der ich geschlafen hatte - und mich erschauderte. Es lag auf der rechten Seite, den Rücken zu mir gewandt. Ich konnte jede Kurve und jeden Umriss ausmachen und nachzeichnen, sozusagen aufgeweicht und geformt im schwarzen Staub. Auf eine vage Art und Weise versuchte ich, mir seine Anwesenheit dort zu erklären. Langsam wurde ich verwirrt, als mir der Gedanke kam, dass es genau dort lag, wo ich beim Zusammenbruch des Stuhls hingefallen sein musste.

Allmählich formte sich ein Gedanke in meinem Gehirn, ein Gedanke, der meinen Geist erschütterte. Es schien abscheulich und unerträglich zu sein, doch es wuchs in mir, bis es zu einer Überzeugung wurde. Der Körper unter dieser Hülle, diesem

Staubtuch, war weder mehr noch weniger als meine eigene tote Hülle. Ich habe nicht versucht, es zu beweisen. Ich wusste es jetzt und wunderte mich, dass ich es nicht schon die ganze Zeit gewusst hatte. Ich war ein körperloses Ding.

Eine Weile stand ich da und versuchte, meine Gedanken auf dieses neue Problem einzustellen. Im Laufe der Zeit - ich weiß nicht, wie viele Tausende von Jahren - erlangte ich einen gewissen Grad an Ruhe, der es mir ermöglichte, auf das zu achten, was um mich herum geschah.

Jetzt sah ich, dass der längliche Hügel gesunken war, zusammengebrochen war und sich mit dem Rest des sich ausbreitenden Staubs vereinigt hatte. Und neue, ungreifbare Atome hatten sich über dem Gemisch aus Grabpuder niedergelassen, das die Äonen gemahlen hatten. Lange Zeit stand ich da, vom Fenster abgewandt. Allmählich wurde ich gesammelter, während die Welt über die Jahrhunderte hinweg in die Zukunft glitt.

Jetzt begann ich, den Raum zu untersuchen. Jetzt sah ich, dass die Zeit ihr zerstörerisches Werk begann, selbst an diesem seltsamen alten Gebäude. Dass es all die Jahre überdauert hatte, schien mir ein Beweis dafür zu sein, dass es etwas anderes war als jedes andere Haus. Ich glaube nicht, dass ich irgendwie an seinen Verfall gedacht hatte. Aber warum, das hätte ich nicht sagen können. Erst nachdem ich eine ganze Weile darüber nachgedacht hatte, wurde mir klar, dass die außergewöhnliche Zeitspanne, die es gestanden hatte, ausgereicht hatte, um die Steine, aus denen es gebaut war, völlig zu pulverisieren, wenn sie aus einem irdischen Steinbruch stammen würden. Ja, es war jetzt zweifellos am Verrotten. Der gesamte Putz war von den Wänden abgefallen, genauso wie das Holzwerk des Raumes vor vielen Jahren.

Während ich so dastand, fiel ein Stück Glas von einer der kleinen, rautenförmigen Scheiben mit einem dumpfen Klopfen in den Staub auf dem Fensterbrett hinter mir und zerfiel zu einem kleinen Häufchen Pulver. Als ich mich von der Betrachtung des Es abwandte, sah ich Licht zwischen einigen der Steine, die die Außenwand bildeten. Offensichtlich war der Mörtel abgefallen....

Nach einer Weile wandte ich mich wieder dem Fenster zu und spähte hinaus. Ich stellte fest, dass sich die Zeit enorm beschleunigt hatte. Das seitliche Zittern des Sonnenstroms war so schnell geworden, dass der tanzende Halbkreis der Flamme in einen Feuerschein überging und darin verschwand, der den halben südlichen Himmel von Ost nach West bedeckte.

Vom Himmel aus blickte ich auf die Gärten hinunter. Sie waren nur noch ein blasser, schmutziger grüner Fleck. Ich hatte das Gefühl, dass sie höher standen als früher, dass sie näher an meinem Fenster waren, als wären sie aufgestiegen, körperlich. Und doch waren sie noch weit unter mir, denn der Felsen über dem Eingang der Grube, auf dem dieses Haus steht, wölbt sich bis in große Höhe.

Es war später, als ich eine Veränderung in der konstanten Farbe der Gärten bemerkte. Das blasse, schmutzige Grün wurde immer blasser und blasser, bis hin zum Weiß. Schließlich, nach einer langen Zeit, wurden sie grau-weiß und blieben es für eine sehr lange Zeit. Schließlich aber begann das Grau zu verblassen, ebenso wie das Grün, zu einem toten Weiß. Und das blieb, konstant und unverändert. Und daran erkannte ich, dass endlich Schnee auf der ganzen nördlichen Welt lag.

Und so flog die Zeit durch Millionen von Jahren weiter durch die Ewigkeit, bis zum Ende - dem Ende, an das ich in den Tagen der alten Erde nur entfernt und in vagen Spekulationen gedacht hatte. Und nun näherte es sich auf eine Weise, von der niemand je geträumt hatte.

Ich erinnere mich, dass ich um diese Zeit eine lebhafte, wenn auch morbide Neugier zu verspüren begann, was geschehen würde, wenn das Ende kam - aber ich schien seltsamerweise keine Vorstellungen zu haben.

Die ganze Zeit über ging der stetige Prozess des Verfalls weiter. Die wenigen verbliebenen Glasscherben waren längst verschwunden, und hin und wieder verrieten ein leiser Aufprall und eine kleine aufsteigende Staubwolke, dass ein Stück Mörtel oder Stein heruntergefallen war.

Ich blickte wieder nach oben, zu dem feurigen Tuch, das am Himmel über mir bebte, und weit hinunter in den südlichen Himmel. Während ich hinschaute, hatte ich den Eindruck, dass es etwas von seinem ersten Glanz verloren hatte, dass es matter und tiefer geworden war.

Ich blickte noch einmal hinunter auf das verschwommene Weiß der Welt. Manchmal kehrte mein Blick zu der glühenden, dumpfen Flamme zurück, die die Sonne war und sie doch verbarg. Manchmal blickte ich hinter mich, in die wachsende Dämmerung des großen, stillen Raumes mit seinem Äonenteppich aus schlafendem Staub....

So schaute ich durch die flüchtigen Zeitalter, verloren in seelenschweren Gedanken und Verwunderungen, und besessen von einer neuen Müdigkeit.

XVII. DIE VERLANGSAMTE ROTATION

Es mag eine Million Jahre später gewesen sein, als ich ohne jeden Zweifel erkannte, dass das feurige Tuch, das die Welt erhellte, sich tatsächlich verdunkelte.

Ein weiterer riesiger Raum verging, und die gesamte enorme Flamme war zu einer tiefen, kupfernen Farbe gesunken. Allmählich verdunkelte sie sich, von kupferfarben zu kupferrot, und von dieser Farbe zu einem tiefen, schweren, violetten Farbton, in dem ein seltsamer Hauch von Blut zu sehen war.

Obwohl das Licht schwächer wurde, konnte ich keine Verringerung der scheinbaren Geschwindigkeit der Sonne feststellen. Es verbreitete sich immer noch in diesem schillernden Schleier der Geschwindigkeit.

Die Welt, soweit ich sie sehen konnte, hatte eine schreckliche Düsternis angenommen, als ob der letzte Tag der Welten bevorstünde.

Die Sonne lag im Sterben, daran gab es kaum Zweifel, und die Erde wirbelte weiter durch den Raum und alle Äonen. Ich erinnere mich, dass mich zu dieser Zeit ein außergewöhnliches Gefühl der Verwirrung überkam. Später ertappte ich mich dabei, wie ich gedanklich in einem seltsamen Chaos aus bruchstückhaften modernen Theorien und der alten biblischen Geschichte vom Ende der Welt umherirrte.

Dann blitzte in mir zum ersten Mal die Erinnerung auf, dass die Sonne mit ihrem Planetensystem mit unglaublicher Geschwindigkeit durch den Weltraum reist und gereist war. Plötzlich tauchte die Frage auf - wo? Eine ganze Weile grübelte ich über diese Frage nach, doch schließlich, mit einem gewissen Gefühl der Vergeblichkeit meiner Grübeleien, ließ ich meine Gedanken zu anderen Dingen wandern. Ich begann mich zu fragen, wie lange das Haus noch stehen würde. Außerdem fragte ich mich, ob ich dazu verdammt sein würde, während der dunklen Zeit, von der ich wusste, dass sie kommen würde, körperlos auf der Erde zu bleiben. Von diesen Gedanken kam ich wieder zu Spekulationen über die mögliche Richtung der Reise der Sonne durch den Weltraum.... Und so verging eine weitere lange Zeit.

Allmählich, als die Zeit verging, begann ich die Kälte eines großen Winters zu spüren. Dann erinnerte ich mich daran, dass die Kälte durch das Sterben der Sonne zwangsläufig außerordentlich intensiv sein musste. Langsam, ganz langsam, während die Äonen in die Ewigkeit glitten, versank die Erde in einer schwereren und röteren Finsternis. Die trübe Flamme am Firmament nahm einen tieferen Farbton an, sehr düster und trübe.

Dann, endlich, wurde mir klar, dass es eine Veränderung gab. Der feurige, düstere Flammenvorhang, der bebend über dem Himmel hing und bis in den südlichen Himmel hinabreichte, begann sich zu verdünnen und zusammenzuziehen, und in ihm sah ich, so wie man die schnellen Schwingungen einer gerüttelten Harfensaite sieht, wieder den Sonnenstrom, der sich schwindelerregend nach Norden und Süden bewegte.

Langsam verschwand die Ähnlichkeit mit einem Feuerblatt, und ich sah deutlich den langsamer werdenden Schlag des Sonnenstroms. Doch selbst dann war die Geschwindigkeit seines Schwungs unvorstellbar schnell. Und die ganze Zeit über wurde die Helligkeit des feurigen Bogens immer schwächer. Unter ihm erschien die Welt schemenhaft - eine undeutliche, geisterhafte Region.

Über dem Himmel wurde der Flammenstrom immer langsamer und langsamer, bis er schließlich in großen, schwerfälligen Schlägen nach Norden und Süden schwenkte, die Sekunden lang andauerten. Es verging eine lange Zeit, und nun dauerte jedes Schwanken des großen Gürtels fast eine Minute, so dass ich nach einer ganzen Weile aufhörte, es als sichtbare Bewegung zu erkennen, und das strömende Feuer lief in einem gleichmäßigen Fluss aus dumpfen Flammen über den tödlich aussehenden Himmel.

Es verging eine unbestimmte Zeit, und es schien, als würde der Feuerbogen immer unschärfer. Es schien mir, als würde er immer schwächer werden, und ich dachte, dass sich gelegentlich schwärzliche Streifen zeigten. Als ich ihn beobachtete, hörte das gleichmäßige Vorwärtsströmen auf, und ich konnte wahrnehmen, dass sich die Welt kurzzeitig, aber regelmäßig verdunkelte. Diese nahm zu, bis sich die Nacht wieder in kurzen, aber regelmäßigen Intervallen auf die ermüdete Erde senkte.

Die Nächte wurden immer länger, und die Tage glichen sich ihnen an, so dass Tag und Nacht schließlich nur noch Sekunden dauerten und die Sonne wieder wie ein fast unsichtbarer, kupferroter Ball im glühenden Nebel ihres Fluges erschien. Entsprechend den dunklen Linien, die sich zeitweise in ihrer Spur zeigten, waren nun auf der halb sichtbaren Sonne selbst deutlich große, dunkle Gürtel zu sehen.

Jahr um Jahr verging wie im Flug und die Tage und Nächte wurden zu Minuten. Die Sonne hatte aufgehört, das Aussehen eines Schweifs zu haben, und ging nun auf und unter - ein gewaltiger Globus von glühender, kupfer-bronzener Farbe, an manchen Stellen mit blutroten Bändern umrandet, an anderen mit den düsteren, die ich bereits erwähnt habe. Diese Kreise - sowohl rot als auch schwarz - waren von unterschiedlicher Dicke. Eine Zeit lang war ich ratlos, wie ich sie erklären sollte. Dann kam mir der Gedanke, dass die Sonne wohl kaum überall gleichmäßig abkühlen würde und dass diese Markierungen wahrscheinlich auf Temperaturunterschiede in den verschiedenen Gebieten zurückzuführen waren; das Rot stand für die Teile, in denen die Hitze noch glühte, und das Schwarz für die Bereiche, die bereits relativ kühl waren.

Es kam mir seltsam vor, dass die Sonne in gleichmäßig definierten Ringen abkühlte, bis ich mich daran erinnerte, dass es sich möglicherweise nur um einzelne Flecken handelte, denen die enorme Rotationsgeschwindigkeit der Sonne ein gürtelartiges Aussehen verliehen hatte. Die Sonne selbst war sehr viel größer als die

Sonne, die ich in der alten Welt gekannt hatte, und daraus schloss ich, dass sie wesentlich näher war.

Nachts war der Mond[6] immer noch zu sehen, aber klein und weit entfernt, und das Licht, das er reflektierte, war so trüb und schwach, dass er kaum mehr als der kleine, schwache Geist des alten Mondes zu sein schien, den ich gekannt hatte.

Allmählich verlängerten sich die Tage und Nächte, bis sie etwas weniger als eine Stunde der alten Erde ausmachten; die Sonne ging auf und unter wie eine große, rötliche Bronzescheibe, durchzogen von tintenschwarzen Balken. Etwa zu dieser Zeit konnte ich die Gärten wieder klar sehen. Denn die Welt war nun sehr still und unveränderlich geworden. Dennoch ist es nicht richtig, wenn ich 'Gärten' sage, denn es gab keine Gärten - nichts, was ich kannte oder erkannte. Stattdessen blickte ich auf eine weite Ebene, die sich in die Ferne erstreckte. Ein wenig links von mir befand sich eine niedrige Hügelkette. Überall lag eine gleichmäßige, weiße Schneedecke, die sich stellenweise zu Hügeln und Kämmen auftürmte.

Es wurde mir erst jetzt klar, wie stark der Schneefall wirklich gewesen war. An manchen Stellen war er sehr tief, wie ein großer, wellenförmiger Hügel zu meiner Rechten zeigte. Es ist jedoch nicht ausgeschlossen, dass dies zum Teil auf eine Erhöhung der Bodenoberfläche zurückzuführen war. Seltsamerweise war die bereits erwähnte niedrige Hügelkette zu meiner Linken nicht vollständig mit Schnee bedeckt; stattdessen konnte ich ihre kahlen, dunklen Seiten an mehreren Stellen erkennen. Und überall und immer herrschte eine unglaubliche Totenstille und Trostlosigkeit. Die unabänderliche, schreckliche Stille einer sterbenden Welt.

Während dieser ganzen Zeit wurden die Tage und Nächte spürbar länger. Schon jetzt dauerte jeder Tag von der Morgendämmerung bis zur Abenddämmerung vielleicht zwei Stunden. Nachts stellte ich zu meiner Überraschung fest, dass es nur sehr wenige Sterne am Himmel gab, und diese waren zwar klein, aber von außergewöhnlicher Helligkeit, was ich auf die eigentümliche, aber klare Schwärze der Nacht zurückführte.

In der Ferne im Norden konnte ich eine Art Nebel erkennen, der einem kleinen Teil der Milchstraße nicht unähnlich war. Es könnte ein extrem weit entfernter Sternhaufen sein; oder - so kam mir plötzlich der Gedanke - vielleicht war es das siderische Universum, das ich gekannt und nun für immer hinter mir gelassen hatte - ein kleiner, schwach leuchtender Sternennebel, weit in den Tiefen des Weltraums.

Dennoch wurden die Tage und Nächte langsam länger. Jedes Mal ging die Sonne trüber auf, als sie untergegangen war. Und die dunklen Gürtel wurden immer breiter.

Etwa zu dieser Zeit geschah etwas Neues. Die Sonne, die Erde und der Himmel waren plötzlich verdunkelt und anscheinend für eine kurze Zeit ausgelöscht. Ich hatte ein Gefühl, ein gewisses Bewusstsein (ich konnte nur wenig durch Sehen erkennen), dass die Erde einen sehr großen Schneefall erlebte. Dann, in einem Augenblick, verschwand der Schleier, der alles verdunkelt hatte, und ich blickte wieder hinaus. Ein wundervoller Anblick bot sich meinem Blick. Die Senke, in der dieses Haus mit seinen Gärten steht, war mit Schnee bedeckt[7], der sich über die Fensterbank legte. Es lag überall eine große, ebene Fläche aus Weiß, die das düstere, kupferfarbene Leuchten der sterbenden Sonne düster einfing und reflektierte. Die Welt war zu einer schattenlosen Ebene geworden, von Horizont zu Horizont.

Ich blickte zur Sonne hinauf. Es leuchtete mit einer außergewöhnlichen, stumpfen Klarheit. Ich sah sie jetzt so, wie jemand, der sie bis dahin nur durch ein teilweise verdunkelndes Medium gesehen hatte. Um sie herum war der Himmel schwarz geworden, eine klare, tiefe Schwärze, erschreckend in ihrer Nähe, ihrer unermesslichen Tiefe und ihrer völligen Unfreundlichkeit. Ich schaute eine ganze Weile in diesen Himmel, neu, erschüttert und ängstlich. Es war so nah. Wäre ich ein Kind gewesen, hätte ich vielleicht etwas von meinem Gefühl und meiner Verzweiflung ausgedrückt, indem ich sagte, dass der Himmel sein Dach verloren hatte.

Später drehte ich mich um und blickte in den Raum. Es war überall mit einem dünnen Leichentuch aus dem alles durchdringenden Weiß bedeckt. Es war nur schemenhaft zu erkennen, denn das düstere Licht erhellte jetzt die Welt. Es schien an den verfallenen Wänden zu kleben, und der dicke, weiche Staub der Jahre, der den Boden knietief bedeckte, war nirgends zu sehen. Der Schnee musste durch den offenen Rahmen der Fenster hereingeblasen worden sein. Dennoch war er nirgends verweht, sondern lag überall in dem großen, alten Raum glatt und eben. Außerdem hatte es in diesen vielen tausend Jahren keinen Wind gegeben. Aber da war der Schnee,[8] wie ich schon sagte.

Und die ganze Erde war still. Und es herrschte eine Kälte, wie sie kein lebender Mensch je erlebt hat.

Die Erde wurde nun bei Tag von einem höchst bedrückenden Licht erhellt, das ich nicht beschreiben kann. Es schien, als ob ich die große Ebene durch ein bronzefarbenes Meer betrachtete.

Es war offensichtlich, dass die Rotationsbewegung der Erde immer weiter nachließ.

Das Ende kam, ganz plötzlich. Die Nacht war die bisher längste gewesen, und als die sterbende Sonne endlich über dem Rand der Welt auftauchte, war ich der Dunkelheit so überdrüssig geworden, dass ich sie wie einen Freund begrüßte. Es ging stetig auf, bis etwa zwanzig Grad über dem Horizont. Dann blieb es plötzlich stehen und hing nach einer seltsamen Rückwärtsbewegung bewegungslos wie ein großes Schild am Himmel[9]. Nur der kreisförmige Rand der Sonne leuchtete hell - nur dieser und ein dünner Lichtstreifen in der Nähe des Äquators.

Allmählich erlosch auch dieser Lichtstreifen, und nun war alles, was von unserer großen und glorreichen Sonne übrig blieb, eine riesige tote Scheibe, die von einem dünnen Kreis aus bronzefarbenem Licht umrandet war.

XVIII. DER GRÜNE STERN

Die Welt lag in einer wilden Finsternis - kalt und unerträglich. Draußen war alles still - still! Aus dem dunklen Raum hinter mir hörte ich gelegentlich das leise Aufprallen[10] von herabfallendem Material - verrottende Steinbrocken. So verging die Zeit, und die Nacht erfasste die Welt und hüllte sie in eine undurchdringliche Schwärze.

Es gab keinen Nachthimmel, wie wir ihn kennen. Selbst die wenigen Sterne, die es noch gab, waren endgültig verschwunden. Ich hätte mich in einem Zimmer mit Fensterläden und ohne Licht befinden können, so weit ich sehen konnte. Nur gegenüber, in der ungreifbaren Düsternis, brannte dieses riesige, umlaufende Haar aus dumpfem Feuer. Darüber hinaus gab es in der ganzen Weite der Nacht, die mich umgab, keinen einzigen Lichtstrahl, außer dass weit im Norden noch immer dieser sanfte, nebelhafte Schein leuchtete.

Schweigend zogen die Jahre dahin. Welche Zeitspanne verging, werde ich nie erfahren. Es schien mir, als ob Ewigkeiten schleichend kamen und gingen, während ich dort wartete, und ich beobachtete immer noch. Manchmal konnte ich nur den Schein der Sonne sehen, denn jetzt hatte sie begonnen, zu kommen und zu gehen, eine Weile zu leuchten und dann wieder zu verlöschen.

Plötzlich, während einer dieser Perioden des Lebens, durchzog eine plötzliche Flamme die Nacht - ein schneller Schein, der die tote Erde kurz erhellte und mir einen Blick auf ihre flache Einsamkeit gab. Das Licht schien von der Sonne zu kommen, die irgendwo in der Nähe ihres Zentrums diagonal aus dem Boden schoss. Einen Moment lang starrte ich erschrocken. Dann sank die aufspringende Flamme, und die Finsternis fiel wieder. Aber jetzt war es nicht mehr so dunkel, und die Sonne wurde von einer dünnen Linie aus lebhaftem, weißem Licht umgürtet. Ich starrte gebannt. War auf der Sonne ein Vulkan ausgebrochen? Doch ich verneinte den Gedanken, sobald er sich gebildet hatte. Ich hatte das Gefühl, dass das Licht für eine solche Ursache viel zu intensiv weiß und zu groß gewesen war.

Es gab noch eine andere Idee, die mir in den Sinn kam. Es war, dass einer der inneren Planeten in die Sonne gestürzt war und bei diesem Aufprall glühend geworden war. Diese Theorie erschien mir plausibler und erklärte besser die außergewöhnliche Größe und Leuchtkraft des Feuers, das die tote Welt so unerwartet erhellt hatte.

Voller Interesse und Ergriffenheit starrte ich durch die Dunkelheit auf die weiße Feuerlinie, die die Nacht durchschnitt. Es verriet mir unmissverständlich: Die Sonne drehte sich noch immer mit enormer Geschwindigkeit[11] und so wusste ich, dass die Jahre noch immer mit einer unberechenbaren Geschwindigkeit vergingen, obwohl das Leben, das Licht und die Zeit, soweit es die Erde betraf, Dinge waren, die einer längst vergangenen Zeit angehörten.

Nach diesem einen Ausbruch der Flamme war das Licht nur noch als ein umlaufendes Band aus hellem Feuer zu sehen gewesen. Jetzt aber, während ich es beobachtete, begann es langsam in einen rötlichen Farbton zu sinken und später in ein dunkles, kupferrotes Licht, so wie es die Sonne getan hatte. Bald nahm es einen tieferen Farbton an, und nach einer weiteren Weile begann es zu fluktuieren, mal zu glühen, mal zu verlöschen. So verschwand es nach einer ganzen Weile.

Lange vorher war der schwelende Rand der Sonne in Schwärze erstarrt. Und so zog die Welt in dieser höchst zukünftigen Zeit dunkel und schweigend ihre düstere Bahn um die schwerfällige Masse der toten Sonne.

Meine Gedanken zu dieser Zeit lassen sich kaum beschreiben. Zu Beginn waren sie chaotisch und ohne jeglichen Zusammenhalt. Aber später, als die Zeitalter kamen und gingen, schien meine Seele das Wesen der bedrückenden Einsamkeit und Trostlosigkeit, die die Erde umgab, in sich aufzunehmen.

Mit diesem Gefühl kam eine wunderbare Klarheit der Gedanken, und ich erkannte verzweifelt, dass die Welt für immer durch diese gewaltige Nacht wandern könnte. Eine Zeit lang erfüllte mich diese unheilvolle Vorstellung mit einem Gefühl erdrückender Trostlosigkeit, so dass ich wie ein Kind hätte weinen können. Mit der Zeit wurde dieses Gefühl jedoch fast unmerklich weniger und eine unbändige Hoffnung ergriff von mir Besitz. Geduldig wartete ich.

Von Zeit zu Zeit drang das Geräusch fallender Partikel dumpf an meine Ohren, hinten im Raum. Einmal hörte ich ein lautes Krachen und drehte mich instinktiv um, um nachzusehen; für einen Moment vergaß ich die undurchdringliche Nacht, in der jedes Detail unterging. Nach einer Weile suchte mein Blick den Himmel und wandte sich unbewusst dem Norden zu. Ja, das neblige Glühen war noch zu sehen. Ich hätte mir sogar fast vorstellen können, dass es etwas schlichter aussah. Lange hielt ich meinen Blick darauf gerichtet und spürte in meiner einsamen Seele, dass der sanfte Dunst in gewisser Weise eine Verbindung zur Vergangenheit darstellte. Seltsam, aus welchen Kleinigkeiten man Trost schöpfen kann! Und doch, hätte ich es nur gewusst - aber dazu komme ich zu gegebener Zeit.

Lange Zeit sah ich zu, ohne das Verlangen nach Schlaf zu verspüren, das mich in den Tagen der alten Erde so schnell befallen hätte. Es hätte mich gefreut, wenn ich nur die Zeit hätte verbringen können, weg von meinen Sorgen und Gedanken.

Mehrmals störte mich das unangenehme Geräusch von herabfallendem Mauerwerk bei meinen Überlegungen, und einmal schien es, als ob ich hinter mir im Zimmer flüstern hörte. Doch es war völlig sinnlos, irgendetwas sehen zu wollen. Eine solche Schwärze, wie sie hier herrschte, kann man sich kaum vorstellen. Es war greifbar und schrecklich brutal für die Sinne; als ob sich etwas Totes gegen mich drückte - etwas Weiches und eiskaltes.

Unter all dem wuchs in mir ein großes und überwältigendes Unbehagen heran, das mich nur noch in ein unbehagliches Grübeln versinken ließ. Ich spürte, dass ich dagegen ankämpfen musste, und in der Hoffnung, meine Gedanken abzulenken, wandte ich mich dem Fenster zu und blickte nach Norden, um das neblige Weiß zu sehen, das ich immer noch für das ferne und neblige Glühen des Universums hielt, das wir verlassen hatten. Schon als ich den Blick hob, überkam mich ein Gefühl der Verwunderung, denn jetzt hatte sich das dunstige Licht in einen einzigen, großen Stern von leuchtendem Grün aufgelöst.

Während ich so staunte, schoss mir der Gedanke durch den Kopf, dass sich die Erde auf den Stern zubewegen musste und nicht davon weg, wie ich es mir vorgestellt hatte. Und dass es nicht das Universum sein konnte, das die Erde verlassen hatte, sondern möglicherweise ein abgelegener Stern, der zu einem riesigen Sternenhaufen gehörte, der in den enormen Tiefen des Weltraums verborgen war. Mit einer Mischung aus Ehrfurcht und Neugierde beobachtete ich es und fragte mich, was sich mir da wohl Neues offenbaren würde.

Eine Zeit lang beschäftigten mich vage Gedanken und Spekulationen, während mein Blick unersättlich auf diesem einen Lichtpunkt in der sonst so düsteren Dunkelheit verweilte. Hoffnung keimte in mir auf und vertrieb die drückende Verzweiflung, die mich zu erdrücken schien. Wohin auch immer die Erde reiste, es ging zumindest wieder in Richtung der Reiche des Lichts. Licht! Man muss eine Ewigkeit in lautloser Nacht verbringen, um zu verstehen, wie schrecklich es ist, ohne es zu sein.

Langsam, aber sicher wuchs der Stern in meinem Blickfeld, bis er mit der Zeit so hell leuchtete wie der Planet Jupiter in den Tagen der alten Erde. Je größer er wurde, desto beeindruckender wurde seine Farbe, die mich an einen riesigen Smaragd erinnerte, der seine Strahlen über die Welt schickte.

Die Jahre vergingen in der Stille, und der grüne Stern wuchs zu einem großen Feuerball am Himmel heran. Wenig später sah ich etwas, das mich mit Erstaunen erfüllte. Es war der geisterhafte Umriss einer riesigen Sichel in der Nacht; ein gigantischer Neumond, der aus der umgebenden Finsternis zu wachsen schien. Völlig verwirrt starrte ich es an. Er schien ziemlich nah zu sein - im Vergleich dazu - und ich rätselte, wie die Erde ihm so nahe kommen konnte, ohne dass ich ihn vorher gesehen hatte.

Das von dem Stern geworfene Licht wurde stärker, und bald konnte ich die Erde wieder sehen, wenn auch nur undeutlich. Eine Weile starrte ich vor mich hin und versuchte zu erkennen, ob ich irgendein Detail der Erdoberfläche ausmachen konnte, aber das Licht war nicht ausreichend. Nach einer Weile gab ich den Versuch auf und blickte noch einmal zu dem Stern. Selbst in der kurzen Zeit, in der ich abgelenkt gewesen war, hatte er sich beträchtlich vergrößert und erschien mir jetzt etwa ein Viertel so groß wie der Vollmond. Das Licht, das es warf, war außerordentlich stark, doch seine Farbe war so abscheulich ungewohnt, dass das, was ich von der Welt sehen konnte, unwirklich wirkte; eher so, als blickte ich auf eine Schattenlandschaft als auf irgendetwas anderes.

Die ganze Zeit über nahm die große Mondsichel an Helligkeit zu und begann nun, in einem wahrnehmbaren Grünton zu leuchten. Der Stern wurde immer größer und heller, bis er die Größe eines halben Vollmondes erreichte. Und so wie er immer größer und heller wurde, strahlte auch die riesige Sichel immer mehr Licht aus, wenn auch in einem immer dunkleren Grünton. Unter dem gemeinsamen Schein ihrer Strahlen wurde die Wildnis, die sich vor mir erstreckte, immer besser sichtbar. Bald schien ich über die ganze Welt blicken zu können, die mir in dem seltsamen Licht nun in ihrer kalten und schrecklichen, flachen Tristesse schrecklich erschien.

Es dauerte nicht lange, da wurde ich darauf aufmerksam gemacht, dass der große Stern mit der grünen Flamme langsam aus dem Norden in Richtung Osten sank. Zuerst konnte ich kaum glauben, dass ich richtig gesehen hatte, aber bald gab es keinen Zweifel mehr, dass es so war. Allmählich sank es, und während es sank, begann die riesige Sichel aus glühendem Grün zu schrumpfen und zu schwinden, bis es zu einem bloßen Lichtbogen vor dem leuchtend bunten Himmel wurde. Später verschwand es an der gleichen Stelle, an der ich es langsam auftauchen sah.

Inzwischen war der Stern bis auf etwa dreißig Grad an den verborgenen Horizont herangekommen. Von der Größe her hätte er jetzt mit dem Vollmond mithalten können, aber ich konnte seine Scheibe noch nicht erkennen. Diese Tatsache ließ mich vermuten, dass er immer noch außerordentlich weit entfernt war, und da dies der Fall war, wusste ich, dass es sich um einen riesigen Wahn handeln musste, den sich der Mensch weder vorstellen noch vorstellen konnte.

Plötzlich verschwand der untere Rand des Sterns, durchschnitten von einer geraden, dunklen Linie. Eine Minute - oder ein Jahrhundert - verging, und er tauchte tiefer, bis er zur Hälfte aus dem Blickfeld verschwunden war. Weit draußen auf der großen Ebene sah ich einen monströsen Schatten, der es auslöschte und sich schnell näherte. Nur noch ein Drittel des Sterns war zu sehen. Dann, wie ein Blitz, offenbarte sich mir die Lösung für dieses außergewöhnliche Phänomen. Der Stern war dabei, hinter der gewaltigen Masse der toten Sonne zu versinken. Oder besser gesagt, die Sonne - ihrer Anziehungskraft gehorchend - stieg auf ihn zu[12] und die Erde folgte ihr. Während sich diese Gedanken in meinem Kopf ausbreiteten, verschwand der Stern und wurde von der gewaltigen Masse der Sonne völlig verdeckt. Über die Erde senkte sich einmal mehr die brütende Nacht.

Mit der Dunkelheit kam ein unerträgliches Gefühl der Einsamkeit und des Schreckens. Zum ersten Mal dachte ich an die Grube und ihre Insassen. Danach stieg in meiner Erinnerung das noch schrecklichere Ding auf, das die Ufer des Schlafmeeres heimgesucht hatte und in den Schatten dieses alten Gebäudes lauerte. Wo waren sie? fragte ich mich und zitterte bei dem Gedanken. Eine Zeit lang hielt mich die Angst fest und ich betete wild und zusammenhanglos um einen Lichtstrahl, der die kalte Schwärze, die die Welt umhüllte, vertreiben würde.

Es ist unmöglich zu sagen, wie lange ich wartete - mit Sicherheit eine sehr lange Zeit. Dann, ganz plötzlich, sah ich einen Lichtkegel vor mir. Nach und nach wurde es immer deutlicher. Plötzlich blitzte ein Strahl in leuchtendem Grün durch die Dunkelheit. Im selben Moment sah ich eine dünne Linie aus leuchtenden Flammen, weit in der Nacht. Es schien nur einen Augenblick zu dauern, bis sie zu einem großen Feuerball angewachsen war, unter dem die Welt in ein smaragdgrünes Licht getaucht war. Es wuchs immer weiter, bis der grüne Stern schließlich wieder ganz zu sehen war. Aber jetzt konnte man ihn kaum noch als Star bezeichnen, denn er war zu gewaltigen Ausmaßen angewachsen und unvergleichlich größer als die Sonne in der alten Zeit gewesen war.

"Während ich so vor mich hin starrte, wurde mir bewusst, dass ich den Rand der leblosen Sonne sehen konnte, der wie eine große Mondsichel glühte. Langsam vergrößerte sich ihre leuchtende Oberfläche vor mir, bis die Hälfte ihres Durchmessers sichtbar war, und der star begann zu meiner Rechten zu verschwinden. Die Zeit verging, und die Erde bewegte sich weiter, langsam über das gewaltige Gesicht der toten Sonne hinweg." [13]

Während sich die Erde vorwärts bewegte, fiel der Stern immer weiter nach rechts, bis er schließlich auf die Rückseite des Hauses schien und eine Flut von gebrochenen Strahlen durch die skelettartigen Mauern schickte. Als ich nach oben blickte, sah ich, dass ein großer Teil der Decke verschwunden war, so dass ich sehen konnte, dass die oberen Stockwerke noch mehr verfallen waren. Das Dach war offensichtlich ganz verschwunden, und ich konnte den grünen Schein des Sternenlichts sehen, der schräg hineinschien.

XIX. DAS ENDE DES SONNENSYSTEMS

Von dem Pfeiler aus, wo sich einst die Fenster befunden hatten, durch die ich jene erste, verhängnisvolle Morgendämmerung beobachtet hatte, konnte ich sehen, dass die Sonne viel größer war, als sie es gewesen war, als der Stern die Welt zum ersten Mal erhellte. Es war so groß, dass ihr unterer Rand fast den fernen Horizont zu berühren schien. Noch während ich sie beobachtete, stellte ich mir vor, dass sie immer näher kam. Das grüne Leuchten, das die gefrorene Erde erhellte, wurde immer heller.

So ging es eine ganze Weile lang. Dann sah ich plötzlich, dass die Sonne ihre Form veränderte und kleiner wurde, so wie es der Mond in der Vergangenheit getan hatte. Nach einer Weile war nur noch ein Drittel des beleuchteten Teils der Erde zugewandt. Der Star entfernte sich nach links.

Allmählich, als die Welt sich weiterbewegte, leuchtete der Stern wieder auf der Vorderseite des Hauses, während die Sonne nur noch als großer Bogen aus grünem Feuer zu sehen war. Es schien nur einen Augenblick zu dauern, und die Sonne war verschwunden. Der Star war immer noch voll sichtbar. Dann schob sich die Erde in den schwarzen Schatten der Sonne, und alles war Nacht - Nacht, schwarz, sternenlos und unerträglich.

Erfüllt von stürmischen Gedanken, schaute ich in die Nacht und wartete. Es mag Jahre gedauert haben, und dann wurde in dem dunklen Haus hinter mir die geronnene Stille der Welt durchbrochen. Ich schien das leise Scharren vieler Füße zu hören, und ein schwaches, unartikuliertes Flüstern drang in mein Bewusstsein. Ich blickte in die Schwärze und sah eine Vielzahl von Augen. Als ich sie anstarrte, wurden sie immer größer und schienen auf mich zuzukommen. Einen Augenblick lang stand ich unfähig, mich zu bewegen. Dann erhob sich ein grässliches Schweinegeräusch[14] in die Nacht, und ich sprang aus dem Fenster hinaus in die eisige Welt. Ich habe die verwirrende Vorstellung, eine Weile gerannt zu sein, und danach habe ich nur noch gewartet - gewartet. Mehrere Male hörte ich Schreie, aber immer wie aus weiter Ferne. Abgesehen von diesen Geräuschen hatte ich keine Ahnung, wo sich das Haus befand. Die Zeit schritt voran. Ich war mir wenig bewusst, außer einem Gefühl von Kälte, Hoffnungslosigkeit und Angst.

Es schien eine Ewigkeit her zu sein, und es kam ein Leuchten auf, das vom kommenden Licht kündete. Es wuchs, aber nur zögerlich. Dann - mit einer unheimlichen Pracht - fiel der erste Strahl des Grünen Sterns über den Rand der dunklen Sonne und erleuchtete die Welt. Es fiel auf eine große, verfallene Struktur, etwa zweihundert Meter entfernt. Es war das Haus. Als ich es erblickte, bot sich mir ein furchterregender Anblick: Über seine Mauern kroch eine Legion unheiliger Wesen, die das alte Gebäude von den wackeligen Türmen bis zum Sockel fast vollständig bedeckten. Ich konnte sie ganz deutlich sehen, es waren die Schweine-Kreaturen.

Die Welt bewegte sich hinaus in das Licht des Sterns, und ich sah, dass es sich jetzt über ein Viertel des Himmels zu erstrecken schien. Die Pracht seines fahlen Lichts war so gewaltig, dass es den Himmel mit züngelnden Flammen zu füllen schien. Dann sah ich die Sonne. Sie war so nah, dass die Hälfte ihres Durchmessers unterhalb des Horizonts lag, und als die Welt über ihr Gesicht kreiste, schien sie sich bis in den Himmel zu erheben, eine gewaltige Kuppel aus smaragdfarbenem Feuer. Von Zeit zu Zeit warf ich einen Blick auf das Haus, aber die Schweinedinger schienen meine Nähe nicht zu bemerken.

Jahre schienen zu vergehen, langsam. Die Erde hatte fast das Zentrum der Sonnenscheibe erreicht. Das Licht der Grünen Sonne - so muss man es jetzt nennen - schien durch die Ritzen, die die verfallenen Mauern des alten Hauses klafften, und gab ihnen den Anschein, als seien sie in grüne Flammen gehüllt. Die Schweinekreaturen krabbelten immer noch um die Wände herum.

Plötzlich erhob sich ein lautes Gebrüll von Schweinestimmen, und aus der Mitte des dachlosen Hauses schoss eine riesige Säule blutroter Flammen empor. Ich sah, wie die kleinen, verdrehten Türme und Türmchen in Flammen aufgingen, aber immer noch ihre verdrehte Krümmung bewahrten. Die Strahlen der grünen Sonne trafen auf das Haus und vermischten sich mit seinem grellen Schein, so dass es wie ein lodernder Ofen aus rotem und grünem Feuer erschien.

Fasziniert schaute ich zu, bis ein überwältigendes Gefühl der nahenden Gefahr meine Aufmerksamkeit erregte. Ich blickte auf, und sofort wurde mir klar, dass die Sonne näher kam, so nah, dass sie die Welt zu überragen schien. Dann - ich weiß nicht, wie - wurde ich in seltsame Höhen entführt und schwebte wie eine Seifenblase in dem furchtbaren Lichtschein.

Weit unter mir sah ich die Erde mit dem brennenden Haus, das sich zu einem immer größer werdenden Flammenberg auftürmte. Ringsherum schien der Boden zu glühen, und stellenweise stiegen schwere Kränze aus gelbem Rauch aus der Erde auf. Es schien, als würde die Welt von diesem einen Brandherd entzündet werden. Schwach konnte ich die Schweinedinger sehen. Sie schienen völlig unversehrt zu sein. Dann schien der Boden plötzlich einzusinken und das Haus mit seiner Ladung an üblen Kreaturen verschwand in den Tiefen der Erde und schickte eine seltsame, blutfarbene Wolke in die Höhe. Ich erinnerte mich an die Höllengrube unter dem Haus.

Nach einer Weile schaute ich mich um. Die riesige Masse der Sonne erhob sich hoch über mir. Der Abstand zwischen Es und der Erde verringerte sich rapide. Plötzlich schien die Erde vorwärts zu schießen. In einem Augenblick hatte sie den Raum zwischen sich und der Sonne durchquert. Ich hörte kein Geräusch, aber aus dem Gesicht der Sonne sprudelte eine immer größer werdende Zunge aus gleißenden Flammen. Es schien fast bis zur fernen Grünen Sonne zu springen - ein Katarakt aus blendendem Feuer, der das smaragdgrüne Licht durchtrennte. Es erreichte seine Grenze und sank, und auf der Sonne glühte ein riesiger Fleck aus brennendem Weiß - das Grab der Erde.

Die Sonne war jetzt ganz nah an mir dran. Bald merkte ich, dass ich immer höher stieg, bis ich schließlich in der Leere über ihr schwebte. Die Grüne Sonne war jetzt so groß, dass sie den ganzen Himmel vor mir auszufüllen schien. Ich blickte nach unten und stellte fest, dass die Sonne direkt unter mir vorbeizog.

Ein Jahr mag vergangen sein - oder ein Jahrhundert - und ich war allein zurückgeblieben. Die Sonne war weit vorne zu sehen - eine schwarze, kreisförmige Masse, die sich von der geschmolzenen Pracht des großen, grünen Himmelskörpers abhob. An einem Rand bemerkte ich ein grelles Leuchten, das die Stelle markierte, an der die Erde gefallen war. Daran erkannte ich, dass sich die längst verstorbene Sonne immer noch drehte, wenn auch sehr langsam.

In der Ferne zu meiner Rechten schien ich ab und zu einen schwachen Schein von weißlichem Licht zu sehen. Lange Zeit war ich mir nicht sicher, ob ich das für Einbildung halten sollte oder nicht. So starrte ich eine Weile vor mich hin und wunderte mich immer wieder aufs Neue, bis ich schließlich wusste, dass es keine Einbildung war, sondern Realität. Es wurde heller, und bald schob sich aus dem Grün eine blasse Kugel von zartem Weiß. Es kam näher, und ich sah, dass es offenbar von einem Gewand aus sanft glühenden Wolken umgeben war. Die Zeit verging....

Ich blickte in Richtung der schwindenden Sonne. Es zeigte sich nur als dunkler Fleck auf dem Gesicht der Grünen Sonne. Während ich sie beobachtete, sah ich, wie sie immer kleiner wurde, als ob sie mit ungeheurer Geschwindigkeit auf die höhere Kugel zustürmte. Ich starrte sie aufmerksam an. Was würde geschehen? Ich war mir außergewöhnlicher Emotionen bewusst, als ich erkannte, dass es die Grüne Sonne treffen würde. Es wurde nicht größer als eine Erbse, und ich sah mit ganzer Seele dem endgültigen Ende unseres Systems entgegen - jenes Systems, das die Welt durch so viele Äonen getragen hatte, mit seinen unzähligen Sorgen und Freuden, und nun...

Plötzlich durchkreuzte etwas mein Blickfeld und löschte alle Spuren des Spektakels, das ich mit so großem Interesse verfolgt hatte. Was mit der toten Sonne geschah, habe ich nicht gesehen, aber ich habe keinen Grund, angesichts dessen, was ich danach sah, zu bezweifeln, dass sie in das seltsame Feuer der Grünen Sonne fiel und so zugrunde ging.

Und dann kam mir plötzlich die außergewöhnliche Frage in den Sinn, ob diese gewaltige Kugel aus grünem Feuer nicht die riesige Zentralsonne sein könnte - die große Sonne, um die sich unser Universum und unzählige andere drehen. Ich war verwirrt. Ich dachte an das wahrscheinliche Ende der toten Sonne, und da kam mir ein weiterer Gedanke: Machen die toten Sterne die Grüne Sonne zu ihrem Grab? Der Gedanke erschien mir nicht grotesk, sondern eher möglich und wahrscheinlich.

XX. DIE HIMMLISCHEN KUGELN

Eine Zeit lang drängten sich viele Gedanken in meinem Kopf, so dass ich nichts anderes tun konnte, als blind vor mich hin zu starren. Ich schien in einem Meer aus Zweifeln, Verwunderung und trauriger Erinnerung zu versinken.

Es war später, dass ich aus meiner Verwirrung herauskam. Ich schaute mich benommen um. Dabei bot sich mir ein so außergewöhnlicher Anblick, dass ich eine Zeit lang kaum glauben konnte, dass ich nicht immer noch in den visionären Wirren meiner eigenen Gedanken gefangen war. Aus dem herrschenden Grün war ein grenzenloser Strom sanft schimmernder Kugeln gewachsen - jede einzelne umhüllt von einem wundersamen Vlies aus reinen Wolken. Sie reichten sowohl über als auch unter mir bis in eine unbekannte Ferne und verdeckten nicht nur den Schein der grünen Sonne, sondern spendeten stattdessen einen zarten Lichtschein, der mich umgab wie nichts, was ich je zuvor oder danach gesehen habe.

Nach einer Weile bemerkte ich, dass diese Sphären eine Art Transparenz hatten, fast so, als wären sie aus trübem Kristall, in dem ein sanftes, gedämpftes Leuchten brannte. Sie bewegten sich weiter, an mir vorbei, ohne große Geschwindigkeit, sondern eher so, als hätten sie eine Ewigkeit vor sich. Eine ganze Weile beobachtete ich sie und konnte kein Ende erkennen. Manchmal schien ich in der Wolke Gesichter zu erkennen, aber seltsam undeutlich, als wären sie teils echt, teils aus dem Nebel geformt, durch den sie sich zeigten.

Lange Zeit wartete ich passiv und mit einem Gefühl wachsender Zufriedenheit. Ich hatte nicht mehr das Gefühl unsagbarer Einsamkeit, sondern fühlte vielmehr, dass ich weniger einsam war, als ich es seit Kalpas von Jahren gewesen war. Dieses Gefühl der Zufriedenheit steigerte sich, so dass ich zufrieden gewesen wäre, für immer in Gesellschaft dieser himmlischen Kugeln zu schweben.

Die Zeitalter vergingen, und ich sah die schattenhaften Gesichter immer häufiger, aber auch immer klarer. Ob das daran lag, dass meine Seele sich besser auf ihre Umgebung eingestellt hatte, kann ich nicht sagen - wahrscheinlich war es so. Aber wie dem auch sei, ich bin mir jetzt nur der Tatsache sicher, dass ich mir eines neuen Geheimnisses um mich herum immer bewusster wurde, das mir sagte, dass ich in der Tat in das Grenzgebiet einer ungeahnten Region eingedrungen war, eines subtilen, ungreifbaren Ortes oder einer Form der Existenz.

Der gewaltige Strom leuchtender Kugeln zog weiter an mir vorbei, in gleichbleibender Geschwindigkeit - unzählige Millionen - und sie kamen immer noch und zeigten keine Anzeichen eines Endes oder gar einer Verringerung.

Dann, als ich schweigend durch den ungetrübten Raum getragen wurde, spürte ich eine plötzliche, unwiderstehliche Vorwärtsbewegung, hin zu einer der vorbeiziehenden Kugeln. Einen Augenblick, und ich war neben ihr. Dann glitt ich hindurch, ins Innere, ohne den geringsten Widerstand zu spüren. Für eine kurze Weile konnte ich nichts sehen und wartete neugierig ab.

Plötzlich wurde mir bewusst, dass ein Geräusch die unfassbare Stille durchbrach. Es war wie das Rauschen eines großen, ruhigen Meeres - ein Meer, das in seinem Schlaf atmet. Allmählich lichtete sich der Nebel, der mir die Sicht genommen hatte, und mit der Zeit tauchte mein Blick wieder auf die stille Oberfläche des Meeres des Schlafes.

Ich starrte eine Weile vor mich hin und konnte kaum glauben, dass ich richtig sah. Ich blickte mich um. Da war die große Kugel aus blassem Feuer, die, wie ich es schon einmal gesehen hatte, in geringer Entfernung über dem düsteren Horizont schwamm. Zu meiner Linken, weit über dem Meer, entdeckte ich eine schwache Linie, wie aus dünnem Dunst, die ich für das Ufer hielt, an dem meine Liebe und ich uns während jener wunderbaren Zeiten der Seelenwanderung getroffen hatten, die mir in den alten Erdtagen vergönnt waren.

Eine andere, beunruhigende Erinnerung kam mir in den Sinn - die Erinnerung an das Formlose Ding, das an den Ufern des Schlafmeeres herumspukte. Der Wächter dieses stillen, echolosen Ortes. Ich erinnerte mich an diese und andere Details und wusste ohne Zweifel, dass ich auf dasselbe Meer hinausblickte. Mit dieser Gewissheit erfüllte mich ein überwältigendes Gefühl der Überraschung, der Freude und der erschütterten Erwartung, weil ich es für möglich hielt, dass ich meine Liebe wiedersehen würde. Aufmerksam blickte ich mich um, konnte sie aber nicht erblicken. Da fühlte ich mich kurzzeitig hoffnungslos. Inbrünstig betete ich und schaute immer wieder ängstlich nach.... Wie still war das Meer!

Unten, weit unter mir, konnte ich die vielen Spuren des wechselnden Feuers sehen, die früher meine Aufmerksamkeit erregt hatten. Vage fragte ich mich, was sie verursacht hatte, und ich erinnerte mich daran, dass ich meine Liebe darüber und über viele andere Dinge hatte befragen wollen - und dass ich gezwungen gewesen war, sie zu verlassen, bevor die Hälfte von dem, was ich hatte sagen wollen, gesagt war.

Meine Gedanken kamen mit einem Sprung zurück. Ich war mir bewusst, dass mich etwas berührt hatte. Ich drehte mich schnell um. Gott, Du warst wirklich gnädig - es war sie! Sie schaute mir sehnsüchtig in die Augen, und ich schaute mit ganzer Seele zu ihr hinunter. Ich hätte sie gerne umarmt, aber die herrliche Reinheit ihres Gesichts hielt mich davon ab. Dann, aus dem sich windenden Nebel, streckte sie ihre lieben Arme aus. Ihr Flüstern kam zu mir, leise wie das Rascheln einer vorbeiziehenden Wolke. 'Liebster!', sagte sie. Das war alles, aber ich hatte es gehört, und in einem Augenblick hielt ich sie an mich - wie ich betete - für immer.

Nach einer Weile sprach sie über viele Dinge und ich hörte zu. Gerne hätte ich das durch alle kommenden Zeitalter hindurch getan. Manchmal flüsterte ich es ihr zu, und mein Flüstern verlieh ihrem geistigen Gesicht noch einmal einen unbeschreiblich zarten Farbton - die Blüte der Liebe. Später sprach ich freier, und auf jedes Wort hörte sie zu und antwortete entzückt, so dass ich mich bereits im Paradies befand.

Sie und ich, und nichts als die stille, weite Leere, die uns sah, und nur die stillen Wasser des Schlafmeeres, die uns hörten.

Lange zuvor hatte sich die schwebende Menge der wolkenumhüllten Sphären im Nichts aufgelöst. So blickten wir auf das Gesicht der schlummernden Tiefe und waren allein. Allein, Gott, ich würde im Jenseits so allein sein und doch nie einsam sein! Ich hatte sie, und sie hatte mich, mehr als das. Ja, ich bin äonenalt, und mit diesem und anderen Gedanken hoffe ich, die wenigen Jahre zu überstehen, die noch zwischen uns liegen mögen.

XXI. DIE DUNKLE SONNE

Wie lange unsere Seelen in den Armen der Freude lagen, kann ich nicht sagen, aber mit einem Mal wurde ich aus meinem Glück geweckt, als das blasse und sanfte Licht, das das Meer des Schlafes erhellte, schwächer wurde. Ich drehte mich zu der riesigen, weißen Kugel um, mit einer Vorahnung kommenden Unheils. Eine Seite des Es wölbte sich nach innen, als ob ein konvexer, schwarzer Schatten darüber hinwegfegen würde. Meine Erinnerung ging zurück. Es war so, dass die Dunkelheit vor unserem letzten Abschied gekommen war. Ich drehte mich fragend zu meiner Liebe um. Mit einem plötzlichen Gefühl des Schmerzes bemerkte ich, wie blass und unwirklich sie selbst in dieser kurzen Zeit geworden war. Ihre Stimme schien mir aus der Ferne zu kommen. Die Berührung ihrer Hände war nicht mehr als der sanfte Druck eines Sommerwindes und wurde immer weniger wahrnehmbar.

Die Hälfte des riesigen Globus war bereits verhüllt. Ein Gefühl der Verzweiflung überkam mich. War sie im Begriff, mich zu verlassen? Würde sie gehen müssen, so wie sie zuvor gegangen war? Ich fragte sie ängstlich, und sie schmiegte sich näher an mich und erklärte mir mit dieser seltsamen, fernen Stimme, dass sie mich unbedingt verlassen müsse, bevor die Sonne der Dunkelheit - wie sie es nannte - das Licht auslösche. Als sich meine Befürchtungen bestätigten, überkam mich die Verzweiflung und ich konnte nur stumm über die ruhigen Ebenen des stillen Meeres blicken.

Wie schnell breitete sich die Dunkelheit über das Antlitz des Weißen Orbs aus. Doch in Wirklichkeit muss die Zeit sehr lang gewesen sein, jenseits des menschlichen Vorstellungsvermögens.

Schließlich erhellte nur noch eine Sichel aus blassem Feuer das nun trübe Meer des Schlafes. Die ganze Zeit über hatte sie mich gehalten, aber mit einer so sanften Liebkosung, dass ich mir dessen kaum bewusst gewesen war. Wir warteten dort zusammen, sie und ich, sprachlos vor lauter Kummer. Im schwächer werdenden Licht zeichnete sich ihr Gesicht schemenhaft ab und verschmolz mit dem düsteren Nebel, der uns umgab.

Dann, als nur noch eine dünne, geschwungene Linie aus sanftem Licht das Meer erhellte, ließ sie mich los und schob mich zärtlich von sich. Ihre Stimme klang in meinen Ohren: 'Ich kann nicht länger bleiben, mein Lieber.' Es endete in einem Schluchzen.

Sie schien von mir wegzuschweben und wurde unsichtbar. Ihre Stimme kam zu mir, aus den Schatten, undeutlich, scheinbar aus großer Entfernung:-

'Eine kleine Weile...' Es verhallte in der Ferne. In einem Atemzug verdunkelte sich das Meer des Schlafes zur Nacht. Weit links von mir schien ich für einen kurzen

Augenblick ein sanftes Leuchten zu sehen. Es verschwand, und im selben Moment wurde mir bewusst, dass ich mich nicht mehr über dem stillen Meer befand, sondern wieder im unendlichen Raum schwebte, mit der Grünen Sonne - die jetzt von einer riesigen, dunklen Kugel verdeckt wurde - vor mir.

Völlig verwirrt starrte ich fast unmerklich auf den Ring aus grünen Flammen, der über den dunklen Rand sprang. Selbst im Chaos meiner Gedanken wunderte ich mich dumpf über ihre außergewöhnlichen Formen. Eine Vielzahl von Fragen stürmte auf mich ein. Ich dachte mehr an sie, die ich soeben gesehen hatte, als an den Anblick, der sich mir bot. Mein Kummer und die Gedanken an die Zukunft erfüllten mich. War ich dazu verdammt, für immer von ihr getrennt zu sein? Selbst in den alten Tagen auf der Erde war sie nur für eine kurze Zeit mein gewesen; dann hatte sie mich, wie ich dachte, für immer verlassen. Seitdem hatte ich sie nur noch einmal auf dem Meer des Schlafes gesehen.

Ein Gefühl von wütendem Groll erfüllte mich und ich stellte mir elende Fragen. Warum konnte ich nicht mit meiner Liebe gehen? Welchen Grund gab es, uns zu trennen? Warum musste ich allein warten, während sie durch die Jahre schlummerte, auf dem stillen Schoß des Meeres des Schlafes? Das Meer des Schlafes! Meine Gedanken verließen unwillkürlich den Kanal der Bitterkeit und wandten sich neuen, verzweifelten Fragen zu. Wo war es? Wo war es? Es schien, als hätte ich mich soeben von meiner Liebe getrennt, auf der ruhigen Oberfläche, und sie war verschwunden, ganz und gar. Es konnte nicht weit weg sein! Und der Weiße Reichsapfel, den ich im Schatten der Sonne der Finsternis verborgen gesehen hatte! Mein Blick fiel auf die Grüne Sonne - verfinstert. Was hatte es verfinstert? War es ein riesiger, toter Stern, der sie umkreiste? War die Zentralsonne - so wie ich sie zu betrachten gelernt hatte - ein Doppelstern? Der Gedanke kam mir fast unaufgefordert, doch warum sollte es nicht so sein?

Meine Gedanken kehrten zu dem Weißen Orb zurück. Seltsam, dass es so war - ich hielt inne. Plötzlich war mir eine Idee gekommen. Der Weiße Reichsapfel und die Grüne Sonne! Waren sie ein und dasselbe? Meine Phantasie wanderte zurück und ich erinnerte mich an die leuchtende Kugel, die mich auf so unerklärliche Weise angezogen hatte. Es war merkwürdig, dass ich sie vergessen hatte, wenn auch nur für einen Moment. Wo waren die anderen? Ich kehrte zu der Weltkugel zurück, die ich betreten hatte. Ich dachte eine Zeit lang nach, und die Dinge wurden klarer. Ich stellte mir vor, dass ich durch das Betreten dieser ungreifbaren Kugel sofort in eine weitere, bis dahin unsichtbare Dimension vorgedrungen war. Es war immer noch die Grüne Sonne zu sehen, aber als eine gewaltige Kugel aus blassem, weißem Licht - fast so, als würde ihr Geist erscheinen und nicht ihr materieller Teil.

Ich dachte lange über dieses Thema nach. Ich erinnerte mich daran, wie ich beim Betreten der Sphäre sofort jede Sicht auf die anderen verloren hatte. Noch eine ganze Weile fuhr ich fort, die verschiedenen Details in meinem Kopf kreisen zu lassen.

Nach einiger Zeit wandten sich meine Gedanken anderen Dingen zu. Ich kam mehr und mehr in die Gegenwart und begann, mich umzuschauen und zu beobachten. Zum ersten Mal nahm ich wahr, dass zahllose Strahlen in einem subtilen, violetten Farbton das seltsame Halbdunkel in alle Richtungen durchdrangen. Sie strahlten vom feurigen Rand der Grünen Sonne aus. Sie schienen in meinem Blickfeld zu wachsen, so dass ich nach kurzer Zeit sah, dass es unzählige waren. Die Nacht war erfüllt von ihnen, die sich fächerförmig von der Grünen Sonne ausbreiteten. Ich schloss daraus, dass ich sie sehen konnte, weil der Glanz der Sonne durch die Verfinsterung abgeschnitten war. Sie reichten bis in den Weltraum und verschwanden.

Nach und nach bemerkte ich, dass die Strahlen von feinen Punkten intensiv leuchtenden Lichts durchquert wurden. Viele von ihnen schienen sich von der Grünen Sonne in die Ferne zu bewegen. Andere kamen aus dem Nichts auf die Sonne zu, aber alle hielten sich strikt an den Strahl, in dem sie sich bewegten. Ihre Geschwindigkeit war unvorstellbar groß, und erst als sie sich der Grünen Sonne näherten oder sie verließen, konnte ich sie als einzelne Lichtflecken sehen. Weiter von der Sonne entfernt, wurden sie zu dünnen Linien aus lebhaftem Feuer im Violett.

Die Entdeckung dieser Strahlen und der sich bewegenden Funken hat mich außerordentlich interessiert. Wohin führten sie, in dieser unzähligen Fülle? Ich dachte an die Welten im Weltraum.... Und diese Funken! Boten! Möglicherweise war die Idee fantastisch, aber ich war mir dessen nicht bewusst. Boten! Boten von der Zentralsonne!

Langsam entwickelte sich eine Idee. War die Grüne Sonne der Wohnsitz einer riesigen Intelligenz? Der Gedanke war verwirrend. Visionen des Unnennbaren stiegen auf, ganz vage. War ich tatsächlich an der Wohnstätte des Ewigen angelangt? Eine Zeit lang wies ich den Gedanken stumm von mir. Es war zu überwältigend. Doch....

Riesige, vage Gedanken waren in mir entstanden. Ich fühlte mich plötzlich furchtbar nackt. Und eine schreckliche Nähe erschütterte mich.

Und der Himmel ...! War das eine Illusion?

Meine Gedanken kamen und gingen, unberechenbar. Das Meer des Schlafes - und sie! Der Himmel.... Ich kehrte mit einem Ruck in die Gegenwart zurück. Irgendwo, aus der Leere hinter mir, stürzte ein riesiger, dunkler Körper hervor - riesig und stumm. Es war ein toter star, der zur Begräbnisstätte der Sterne stürmte. Es drängte sich zwischen mich und die Zentralsonnen, löschte sie aus meinem Blickfeld und stürzte mich in eine undurchdringliche Nacht.

Ein Zeitalter, und ich sah wieder die violetten Strahlen. Eine ganze Weile später - Äonen müssen es gewesen sein - wuchs ein kreisrundes Leuchten am Himmel vor mir, und ich sah den Rand des sich entfernenden Sterns, der sich dunkel abzeichnete. So wusste ich, dass es sich den Zentralsonnen näherte. Kurz darauf sah ich den hellen Ring der Grünen Sonne, der sich deutlich von der Nacht abhob. Der Stern war in den Schatten der Toten Sonne getreten. Danach wartete ich einfach ab. Die seltsamen Jahre vergingen langsam, und ich beobachtete sie aufmerksam.

Das, was ich erwartet hatte, kam schließlich - plötzlich und schrecklich. Ein gewaltiges Aufflackern von gleißendem Licht. Ein strahlender Ausbruch weißer Flammen durch die dunkle Leere. Es stieg für eine unbestimmte Zeit in die Höhe, ein gigantischer Feuerpilz. Es hörte auf zu wachsen. Dann, als die Zeit verging, begann es langsam zurück zu sinken. Ich sah nun, dass es von einem riesigen, glühenden Punkt nahe dem Zentrum der dunklen Sonne ausging. Mächtige Flammen loderten immer noch aus diesem Punkt heraus. Doch trotz seiner Größe war das Grab des Sterns nicht mehr als das Leuchten des Jupiters auf der Oberfläche eines Ozeans, wenn man es mit der unvorstellbaren Masse der Toten Sonne vergleicht.

Ich möchte an dieser Stelle noch einmal anmerken, dass es keine Worte gibt, die die enorme Masse der beiden Zentralsonnen in Worte fassen könnten.

XXII. DER DUNKLE NEBEL

Jahre verschmolzen mit der Vergangenheit, Jahrhunderte, Äonen. Das Licht des glühenden Sterns sank zu einem wütenden Rot.

Es war später, als ich den Dunkelnebel sah - zunächst eine ungreifbare Wolke, weit weg zu meiner Rechten. Es wuchs stetig zu einem Klumpen Schwärze in der Nacht heran. Wie lange ich ihn beobachtete, kann ich nicht sagen, denn die Zeit, wie wir sie zählen, gehörte der Vergangenheit an. Es kam näher, ein unförmiges Monstrum aus Dunkelheit - ungeheuerlich. Es schien durch die Nacht zu gleiten, schläfrig, wie ein Höllennebel. Langsam schob es sich näher und verschwand in der Leere zwischen mir und den Zentralsonnen. Es war, als ob ein Vorhang vor meine Augen gezogen worden wäre. Ein seltsames Zittern der Angst überkam mich, und ein neues Gefühl der Verwunderung.

Das grüne Zwielicht, das so viele Millionen Jahre lang geherrscht hatte, war nun einer undurchdringlichen Finsternis gewichen. Regungslos blickte ich um mich. Ein Jahrhundert war vergangen, und es schien mir, als ob ich gelegentlich ein mattes, rotes Glühen entdeckte, das in Abständen an mir vorbeizog.

Ich schaute ernsthaft hin und schien bald kreisförmige Massen zu sehen, die in der trüben Schwärze rot leuchteten. Sie schienen aus dem nebligen Dunst zu wachsen. Nach einer Weile wurden sie für mein gewohntes Sehvermögen deutlicher. Ich konnte sie jetzt mit ziemlicher Deutlichkeit sehen - rötlich gefärbte Kugeln, die in ihrer Größe den leuchtenden Kugeln ähnelten, die ich so lange zuvor gesehen hatte.

Sie schwebten ständig an mir vorbei. Allmählich überkam mich ein merkwürdiges Unbehagen. Ich verspürte ein wachsendes Gefühl der Abscheu und des Schreckens. Es richtete sich gegen diese vorbeiziehenden Kugeln und schien eher aus intuitivem Wissen geboren zu sein, als aus einer wirklichen Ursache oder einem Grund.

Einige der vorbeiziehenden Kugeln waren heller als andere, und aus einer dieser Kugeln blickte plötzlich ein Gesicht. Es war ein menschliches Gesicht, aber es war so von Schmerz gezeichnet, dass ich es fassungslos anstarrte. Ich hätte nicht gedacht, dass es ein solches Leid gibt, wie ich es dort sah. Ich spürte einen zusätzlichen Schmerz, als ich bemerkte, dass die Augen, die so wild blickten, blind waren. Eine Weile sah ich es noch, dann war es in die umgebende Dunkelheit verschwunden. Danach sah ich andere, die alle diesen Blick hoffnungsloser Trauer trugen und blind waren.

Eine lange Zeit verging, und ich wurde mir bewusst, dass ich den Kugeln näher war als zuvor. Das beunruhigte mich, obwohl ich weniger Angst vor diesen seltsamen Kugeln hatte, als ich es vor dem Anblick ihrer traurigen Bewohner hatte.

Später gab es keinen Zweifel mehr daran, dass ich näher an die roten Kugeln herangeführt wurde, und bald schwebte ich zwischen ihnen. Nach einer Weile bemerkte ich, wie sich eine auf mich zubewegte. Ich war hilflos und konnte nicht ausweichen. In einer Minute, so schien es, war sie über mir, und ich tauchte in einen tiefroten Nebel ein. Dieser lichtete sich und ich starrte verwirrt über die unermessliche Weite der Ebene des Schweigens. Es sah genauso aus, wie ich es zuerst gesehen hatte. Ich bewegte mich vorwärts, stetig über die Oberfläche. In der Ferne leuchtete der riesige, blutrote Ring [15], der den Ort erhellte. Ringsum breitete sich die außergewöhnliche Trostlosigkeit und Stille aus, die mich bei meinen früheren Wanderungen durch die Stille so beeindruckt hatte.

Bald sah ich in der Ferne die Gipfel des mächtigen Amphitheaters der Berge, wo ich vor unzähligen Jahren zum ersten Mal einen Blick auf die Schrecken erhascht hatte, die vielen Dingen zugrunde liegen, und wo, riesig und still, bewacht von tausend stummen Göttern, die Nachbildung dieses Hauses der Geheimnisse steht - dieses Hauses, das ich in jenem Höllenfeuer verschlungen sah, bevor die Erde die Sonne küsste und für immer verschwand.

Obwohl ich die Gipfel des Amphitheaters sehen konnte, dauerte es eine ganze Weile, bis ihre unteren Teile sichtbar wurden. Möglicherweise lag das an dem seltsamen, rötlichen Dunst, der an der Oberfläche der Ebene zu haften schien. Wie dem auch sei, ich sah sie schließlich.

Nach noch längerer Zeit war ich den Bergen so nahe gekommen, dass sie mich zu überragen schienen. Plötzlich sah ich, wie sich der große Graben vor mir öffnete, und ich trieb hinein, ohne dass ich es wollte.

Später kam ich auf der Breite der riesigen Arena heraus. Dort, in einer scheinbaren Entfernung von etwa fünf Meilen, stand das Haus, riesig, monströs und schweigend, genau in der Mitte dieses gewaltigen Amphitheaters gelegen. Soweit ich sehen konnte, hatte es sich in keiner Weise verändert, sondern sah aus, als wäre es erst gestern gewesen, dass ich es gesehen hatte. Ringsherum blickten die grimmigen, dunklen Berge aus ihrer hohen Stille auf mich herab.

Weit zu meiner Rechten, zwischen unzugänglichen Gipfeln, ragte die gewaltige Masse des großen Tier-Gottes auf. Weiter oben sah ich die abscheuliche Gestalt der furchterregenden Göttin, die sich durch die rote Finsternis Tausende von Klafter über mir erhob. Zur Linken erkannte ich das monströse Augenlose Ding, grau und undurchschaubar. Weiter weg, auf seinem hohen Felsvorsprung liegend, zeigte sich die leichenblasse Ghulgestalt - ein Spritzer unheimlicher Farbe inmitten der dunklen Berge.

Langsam bewegte ich mich über die große Arena hinaus - schwebend. Während ich ging, konnte ich die schemenhaften Gestalten vieler anderer lauernder Schrecken erkennen, die diese erhabenen Höhen bevölkerten.

Allmählich näherte ich mich dem Haus, und meine Gedanken blitzten über den Abgrund der Jahre zurück. Ich erinnerte mich an das schreckliche Gespenst des Ortes. Es dauerte nicht lange, und ich sah, dass ich direkt auf die gewaltige Masse des schweigenden Gebäudes zugetrieben wurde.

Ungefähr zu diesem Zeitpunkt wurde ich mir auf eine gleichgültige Art und Weise eines wachsenden Gefühls der Taubheit bewusst, das mich der Angst beraubte, die ich sonst bei der Annäherung an diesen furchterregenden Haufen hätte empfinden müssen. Es war, wie es war, ich betrachtete ihn ruhig - so wie ein Mann ein Unglück durch den Dunst seines Tabakrauchs betrachtet.

Nach kurzer Zeit war ich so nah an das Haus herangekommen, dass ich viele Details erkennen konnte. Je länger ich es betrachtete, desto mehr bestätigte sich mein Eindruck, dass es diesem seltsamen Haus sehr ähnlich war. Abgesehen von seiner enormen Größe konnte ich nichts finden, was dem Haus ähnlich wäre.

Während ich so vor mich hin starrte, überkam mich plötzlich ein großes Gefühl des Erstaunens. Ich war auf der gegenüberliegenden Seite angekommen, wo sich die Außentür befindet, die in das Arbeitszimmer führt. Dort lag quer über der Türschwelle ein großes Stück Deckstein, das - abgesehen von Größe und Farbe - mit dem Stück identisch war, das ich bei meinem Kampf mit den Grubenkreaturen abgerissen hatte.

Ich schwebte näher heran und mein Erstaunen wuchs, als ich feststellte, dass die Tür teilweise aus den Angeln gebrochen war, genau so, wie die Tür meines Arbeitszimmers durch die Angriffe der Schweinedinger nach innen gedrückt worden war. Dieser Anblick setzte eine Reihe von Gedanken in Gang, und ich begann zu ahnen, dass der Angriff auf dieses Haus eine weitaus tiefere Bedeutung haben könnte, als ich mir bisher vorgestellt hatte. Ich erinnerte mich daran, wie ich vor langer Zeit, in den alten Erdtagen, halb vermutet hatte, dass dieses Haus, in dem ich lebe, auf unerklärliche Weise mit dem anderen gewaltigen Bauwerk inmitten der unvergleichlichen Ebene in Verbindung stand.

Doch nun wurde mir klar, dass ich nur eine vage Vorstellung davon hatte, was die Verwirklichung meines Verdachts bedeutete. Ich begann mit einer mehr als menschlichen Klarheit zu verstehen, dass der Angriff, den ich abgewehrt hatte, auf irgendeine außergewöhnliche Weise mit einem Angriff auf dieses seltsame Gebäude verbunden war.

Mit einer merkwürdigen Inkonsequenz verließen meine Gedanken abrupt die Angelegenheit, um verwundert bei dem besonderen Material zu verweilen, aus dem das Haus gebaut war. Es war - wie ich bereits erwähnt habe - von tiefgrüner Farbe. Doch jetzt, da ich ihm so nahe gekommen war, bemerkte ich, dass es zuweilen schwankte, wenn auch nur leicht - es leuchtete und verblasste, ähnlich wie die Dämpfe von Phosphor, wenn man sie im Dunkeln auf die Hand reibt.

Kurz darauf wurde meine Aufmerksamkeit abgelenkt, als ich zum großen Eingang kam. Hier hatte ich zum ersten Mal Angst, denn in einem Augenblick schwangen die riesigen Türen zurück und ich trieb hilflos zwischen ihnen hindurch. Drinnen war alles schwarz, ungreifbar. Im Nu hatte ich die Schwelle überschritten, und die großen Türen schlossen sich lautlos und schlossen mich an diesem lichtlosen Ort ein.

Eine Zeit lang schien ich regungslos in der Dunkelheit zu hängen. Dann wurde ich mir bewusst, dass ich mich wieder bewegte; wohin, konnte ich nicht sagen. Plötzlich schien ich weit unten unter mir ein murmelndes Geräusch zu hören, das an Schweinelachen erinnerte. Es verklang, und die darauf folgende Stille schien von Entsetzen erfüllt zu sein.

Dann öffnete sich irgendwo vor mir eine Tür; ein weißer Lichtschleier drang hindurch, und ich schwebte langsam in einen Raum, der mir seltsam vertraut vorkam. Auf einmal ertönte ein verwirrendes, schrilles Geräusch, das mich ohrenbetäubte. Ich sah eine verschwommene Sicht von Visionen, die vor meinen Augen aufflammten. Meine Sinne waren für den Zeitraum eines ewigen Augenblicks betäubt. Dann kehrte meine Sehkraft zu mir zurück. Das schwindelerregende, verschwommene Gefühl verschwand und ich sah klar und deutlich.

XXIII. PEPPER

Ich saß in meinem Sessel, wieder zurück in diesem alten Arbeitszimmer. Mein Blick schweifte durch den Raum. Es wirkte einen Moment lang seltsam unruhig, unwirklich und substanzlos. Das verschwand, und ich sah, dass sich nichts verändert hatte. Ich schaute zum hinteren Fenster - die Jalousie war hochgezogen.

Ich erhob mich zittrig auf meine Füße. Als ich das tat, erregte ein leises Geräusch in Richtung Tür meine Aufmerksamkeit. Ich warf einen Blick darauf. Für einen kurzen Moment schien es mir, als würde sie sanft geschlossen werden. Ich starrte sie an und sah, dass ich mich geirrt haben musste - sie schien fest verschlossen zu sein.

Mit einer Reihe von Anstrengungen bahnte ich mir einen Weg zum Fenster und schaute hinaus. Die Sonne ging gerade auf und beleuchtete die verworrene Wildnis der Gärten. Vielleicht eine Minute lang stand ich da und starrte. Ich fuhr mir mit der Hand verwirrt über die Stirn.

Inmitten des Chaos meiner Sinne kam mir plötzlich ein Gedanke, ich drehte mich schnell um und rief nach Pepper. Sie antwortete nicht, und ich stolperte in einem Anfall von Angst durch den Raum. Im Gehen versuchte ich, seinen Namen zu formulieren, aber meine Lippen waren taub. Ich erreichte den Tisch und beugte mich zu ihm hinunter, wobei mir das Herz in die Hose rutschte. Er lag im Schatten des Tisches, und ich hatte ihn vom Fenster aus nicht deutlich sehen können. Jetzt, als ich mich bückte, holte ich kurz Luft. Da war kein Pepper, stattdessen griff ich nach einem länglichen, kleinen Haufen grauen, ascheartigen Staubes....

Ich muss einige Minuten lang in dieser halb gebückten Haltung verharrt haben. Ich war benommen - betäubt. Pepper war wirklich in das Land der Schatten gegangen.

XXIV. DIE SCHRITTE IM GARTEN

Pepper ist tot! Selbst jetzt scheine ich manchmal kaum in der Lage zu sein, zu begreifen, dass dies so ist. Es ist viele Wochen her, dass ich von dieser seltsamen und schrecklichen Reise durch Raum und Zeit zurückkam. Manchmal, wenn ich schlafe, träume ich davon und durchlebe in meiner Phantasie das ganze furchtbare Geschehen. Wenn ich aufwache, gehen mir die Gedanken nicht aus dem Kopf. Diese Sonne - waren das wirklich die großen Zentralsonnen, um die sich das ganze Universum des unbekannten Himmels dreht? Wer kann das schon sagen? Und die hellen Kugeln, die für immer im Licht der grünen Sonne schweben! Und das Meer des Schlafes, auf dem sie treiben! Wie unglaublich es doch ist. Wenn es Pepper nicht gäbe, wäre ich selbst nach den vielen außergewöhnlichen Dingen, die ich gesehen habe, geneigt zu glauben, dass alles nur ein gigantischer Traum ist. Und dann ist da noch dieser schreckliche, dunkle Nebel (mit seinen vielen roten Kugeln), der sich immer im Schatten der dunklen Sonne bewegt und auf seiner gewaltigen Umlaufbahn ewig in Finsternis gehüllt ist. Und die Gesichter, die mir entgegenblickten! Mein Gott, gibt es sie wirklich und existiert so etwas? ... Da ist immer noch dieser kleine Haufen grauer Asche auf dem Boden meines Arbeitszimmers. Ich will nicht, dass es angerührt wird.

Manchmal, wenn ich ruhiger bin, habe ich mich gefragt, was aus den äußeren Planeten des Sonnensystems geworden ist. Es ist mir in den Sinn gekommen, dass sie sich von der Anziehungskraft der Sonne losgelöst haben könnten und in den Weltraum gestrudelt sind. Das ist natürlich nur eine Mutmaßung. Es gibt so viele Dinge, über die ich mich wundere.

Jetzt, da ich Ihnen schreibe, lassen Sie mich zu Protokoll geben, dass ich sicher bin, dass etwas Schreckliches passieren wird. Gestern Abend ist etwas geschehen, das mich mit noch größerem Schrecken erfüllt hat als die Angst vor Pit. Ich werde es jetzt aufschreiben und mich bemühen, es sofort zu notieren, wenn noch etwas passiert. Ich habe das Gefühl, dass in dieser letzten Angelegenheit mehr steckt als in all den anderen. Selbst jetzt, während ich schreibe, bin ich zittrig und nervös. Irgendwie glaube ich, dass der Tod nicht mehr weit entfernt ist. Nicht, dass ich den Tod fürchte - so wie man ihn versteht. Aber es liegt etwas in der Luft, das mir Angst macht - ein ungreifbares, kaltes Grauen. Ich habe es gestern Abend gespürt. Es war so:-

Gestern Abend saß ich hier in meinem Arbeitszimmer und schrieb. Die Tür, die in den Garten führt, war halb offen. Ab und zu war das metallische Rasseln einer Hundekette zu hören. Es gehört zu dem Hund, den ich nach dem Tod von Pepper gekauft habe. Ich will ihn nicht im Haus haben - nicht nach Pepper. Trotzdem habe ich es als besser empfunden, einen Hund im Haus zu haben. Es sind wunderbare Geschöpfe.

Ich war sehr in meine Arbeit vertieft, und die Zeit verging schnell. Plötzlich hörte ich ein leises Geräusch auf dem Weg, draußen im Garten. Es war ein verstohlenes, neugieriges Geräusch. Mit einer schnellen Bewegung setzte ich mich aufrecht hin und schaute durch die geöffnete Tür hinaus. Wieder kam das Geräusch - pad, pad, pad. Es schien sich zu nähern. Mit einem leichten Gefühl der Nervosität starrte ich in die Gärten, aber die Nacht verdeckte alles.

Dann gab der Hund ein langes Heulen von sich, und ich schreckte auf. Vielleicht eine Minute lang schaute ich angestrengt hin, konnte aber nichts hören. Nach einer Weile hob ich die Feder auf, die ich hingelegt hatte, und nahm meine Arbeit wieder auf. Die Nervosität war verflogen, denn ich stellte mir vor, dass das Geräusch, das ich gehört hatte, nichts anderes war als der Hund, der an der Kette um seinen Zwinger herumging.

Es mag eine Viertelstunde vergangen sein, dann heulte der Hund auf einmal wieder, und zwar mit einem so klagenden Ton, dass ich aufsprang, meine Feder fallen ließ und die Seite, an der ich gerade arbeitete, einfärbte.

'Verflucht sei der Hund!' murmelte ich, als ich bemerkte, was ich getan hatte. Und noch während ich das sagte, ertönte wieder dieses seltsame Pad, Pad, Pad. Es war furchtbar nah - fast an der Tür, dachte ich. Ich wusste jetzt, dass es nicht der Hund sein konnte; seine Kette würde es ihm nicht erlauben, so nahe heranzukommen.

Das Knurren des Hundes ertönte erneut und ich bemerkte unbewusst, dass es einen Hauch von Angst enthielt.

Draußen auf der Fensterbank konnte ich Tip sehen, die Hauskatze meiner Schwester. Es sprang auf, als ich es sah, und sein Schwanz schwoll sichtbar an. Einen Augenblick lang stand es so da, als ob es starr auf etwas in Richtung der Tür starrte. Dann begann er schnell, die Türschwelle entlang zurückzulaufen, bis er am Ende der Wand ankam und nicht mehr weiter konnte. Es stand starr da, als wäre es in einer Haltung außergewöhnlichen Schreckens erstarrt.

Erschrocken und verwirrt schnappte ich mir einen Stock aus der Ecke und ging leise zur Tür, wobei ich eine der Kerzen mitnahm. Ich war bis auf wenige Schritte an die Tür herangekommen, als mich plötzlich ein seltsames Gefühl der Angst überkam - eine Angst, die pulsierend und real war; ich wusste nicht, woher sie kam und warum. Das Gefühl des Schreckens war so groß, dass ich keine Zeit verschwendete, sondern mich auf direktem Weg zurückzog, rückwärts ging und meinen Blick ängstlich auf die Tür richtete. Ich hätte viel dafür gegeben, mich auf sie zu stürzen, sie aufzuschlagen und die Riegel zu zerschießen; denn ich habe sie reparieren und verstärken lassen, so dass sie jetzt viel stärker ist als je zuvor. Wie Tip setzte ich meinen fast unbewussten Rückwärtsgang fort, bis mich die Wand nach oben brachte. Da sprang ich nervös auf und blickte mich besorgt um. Dabei fiel mein Blick für einen Moment auf das Regal mit den Schusswaffen, und ich machte einen Schritt darauf zu, hielt aber inne, mit dem seltsamen Gefühl, dass sie überflüssig waren. Draußen, in den Gärten, stöhnte der Hund auf seltsame Weise.

Plötzlich ertönte von der Katze ein wildes, langgezogenes Kreischen. Ich blickte ruckartig in die Richtung, in der sie sich befand. Etwas leuchtendes, geisterhaftes umgab sie und wurde immer sichtbarer. Es verwandelte sich in eine glühende, durchsichtige Hand, über der eine züngelnde, grünliche Flamme flackerte. Die Katze stieß einen letzten, schrecklichen Schrei aus, und ich sah sie rauchen und brennen. Mein Atem ging stoßweise und ich lehnte mich gegen die Wand. Über diesem Teil des Fensters breitete sich ein grüner, fantastischer Fleck aus. Es verbarg das Ding vor mir, obwohl der Feuerschein dumpf hindurchschimmerte. Ein Brandgeruch stahl sich in den Raum.

Tampon, Tampon, Tampon... Irgendetwas ging den Gartenweg hinunter, und ein schwacher, modriger Geruch schien durch die offene Tür hereinzukommen und sich mit dem Brandgeruch zu vermischen.

Der Hund war einige Augenblicke lang still gewesen. Jetzt hörte ich ihn aufjaulen, scharf, als hätte er Schmerzen. Dann war er still, bis auf ein gelegentliches, gedämpftes Winseln vor Angst.

Eine Minute verging, dann schlug das Tor auf der Westseite der Gärten in der Ferne zu. Danach nichts mehr, nicht einmal das Winseln des Hundes.

Ich muss einige Minuten dort gestanden haben. Dann stahl sich ein Funken Mut in mein Herz, und ich stürzte erschrocken zur Tür, schlug sie zu und verriegelte sie. Danach saß ich eine volle halbe Stunde lang hilflos da und starrte vor mich hin.

Langsam kehrte das Leben in mich zurück, und ich machte mich zittrig auf den Weg nach oben ins Bett.

Das ist alles.

XXV. DAS DING AUS DER ARENA

Heute Morgen ging ich früh durch die Gärten, fand aber alles wie immer vor. In der Nähe der Tür untersuchte ich den Weg nach Fußspuren, doch auch hier gab es nichts, was mir hätte sagen können, ob ich letzte Nacht geträumt hatte oder nicht.

Erst als ich mit dem Hund sprechen wollte, fand ich einen handfesten Beweis dafür, dass etwas passiert war. Als ich zu seinem Zwinger ging, blieb er drinnen und kauerte in einer Ecke, und ich musste ihn überreden, herauszukommen. Als er schließlich einwilligte, zu mir zu kommen, tat er das auf eine seltsam verängstigte und unterwürfige Weise. Als ich ihn streichelte, wurde meine Aufmerksamkeit auf einen grünlichen Fleck an seiner linken Flanke gelenkt. Als ich ihn untersuchte, stellte ich fest, dass das Fell und die Haut offenbar verbrannt worden waren, denn das Fleisch war roh und verbrannt. Die Form des Flecks war merkwürdig und erinnerte mich an den Abdruck einer großen Kralle oder Hand.

Ich stand auf und war nachdenklich. Mein Blick wanderte zum Fenster des Arbeitszimmers. Die Strahlen der aufgehenden Sonne schimmerten auf dem rauchigen Fleck in der unteren Ecke und ließen ihn auf seltsame Weise von grün nach rot changieren. Ah! Das war zweifellos ein weiterer Beweis, und plötzlich kam mir das schreckliche Ding, das ich gestern Abend gesehen hatte, in den Sinn. Ich sah mir den Hund wieder an. Ich kannte jetzt die Ursache für die hässlich aussehende Wunde an seiner Seite - und ich wusste auch, dass das, was ich gestern Abend gesehen hatte, wirklich passiert war. Und ein großes Unbehagen erfüllte mich. Pepper! Tip! Und jetzt dieses arme Tier ...! Ich warf wieder einen Blick auf den Hund und bemerkte, dass er an seiner Wunde leckte.

'Armer Kerl!' murmelte ich und beugte mich vor, um seinen Kopf zu streicheln.' Daraufhin kam er auf die Beine, schnüffelte und leckte wehmütig an meiner Hand.

Schnell verließ ich ihn, da ich mich um andere Dinge kümmern musste.

Nach dem Abendessen ging ich wieder zu ihm. Er schien ruhig zu sein und seinen Zwinger nicht verlassen zu wollen. Von meiner Schwester habe ich erfahren, dass er heute jede Nahrung verweigert hat. Sie wirkte ein wenig verwirrt, als sie mir das erzählte, obwohl sie nichts zu befürchten hatte.

Der Tag ist ereignislos verlaufen. Nach dem Tee habe ich mir den Hund noch einmal angeschaut. Er schien launisch und etwas unruhig zu sein, blieb aber trotzdem in seinem Zwinger. Bevor ich für die Nacht abschloss, rückte ich seine Hundehütte von der Wand weg, damit ich ihn heute Nacht von dem kleinen Fenster aus beobachten kann. Mir kam der Gedanke, ihn für die Nacht ins Haus zu bringen, aber die Überlegung hat mich dazu bewogen, ihn draußen bleiben zu lassen. Ich kann nicht sagen, dass das Haus weniger zu befürchten ist als die Gärten. Pepper war im Haus, und doch....

Es ist jetzt zwei Uhr. Seit acht Uhr beobachte ich den Zwinger von dem kleinen Seitenfenster in meinem Arbeitszimmer aus. Doch es ist nichts passiert und ich bin zu müde, um länger zu beobachten. Ich werde ins Bett gehen....

In der Nacht war ich unruhig. Das ist ungewöhnlich für mich, aber gegen Morgen habe ich ein paar Stunden Schlaf bekommen.

Ich bin früh aufgestanden und habe nach dem Frühstück den Hund besucht. Er war ruhig, aber mürrisch und weigerte sich, seinen Zwinger zu verlassen. Ich wünschte, es gäbe hier in der Nähe einen Pferdedoktor; ich würde den armen Kerl gerne untersuchen lassen. Den ganzen Tag über hat er kein Futter zu sich genommen, aber er hat ein offensichtliches Verlangen nach Wasser gezeigt - er hat es gierig aufgeschlabbert. Ich war erleichtert, dies zu beobachten.

Es ist Abend geworden, und ich bin in meinem Arbeitszimmer. Ich habe vor, meinem Plan von gestern Abend zu folgen und den Zwinger zu beobachten. Die Tür, die in den Garten führt, ist fest verriegelt. Ich bin bewusst froh, dass die Fenster vergittert sind....

Nacht:-Mitternacht ist vorbei. Der Hund war bis jetzt immer still. Durch das Seitenfenster zu meiner Linken kann ich schemenhaft die Umrisse des Zwingers erkennen. Zum ersten Mal bewegt sich der Hund, und ich höre das Rasseln seiner Kette. Ich schaue hinaus, schnell. Als ich ihn anstarre, bewegt sich der Hund wieder, unruhig, und ich sehe einen kleinen Fleck leuchtenden Lichts, der aus dem Inneren des Zwingers scheint. Es verschwindet, dann rührt sich der Hund wieder, und der Schimmer kommt erneut. Ich bin verwirrt. Der Hund ist ruhig, und ich kann das leuchtende Ding ganz deutlich sehen. Es ist deutlich zu sehen. Die Form kommt mir irgendwie bekannt vor. Einen Moment lang wundere ich mich, dann fällt mir ein, dass es den vier Fingern und dem Daumen einer Hand nicht unähnlich ist. Wie eine Hand! Und ich erinnere mich an die Konturen der furchterregenden Wunde an der Seite des Hundes. Es muss die Wunde sein, die ich sehe. Es leuchtet in der Nacht - warum? Die Minuten vergehen. Mein Geist ist erfüllt von dieser frischen Sache....

Plötzlich höre ich ein Geräusch, draußen in den Gärten. Es durchfährt mich wie ein Schauer. Es kommt auf mich zu. Pad, pad, pad. Ein kribbelndes Gefühl durchfährt meine Wirbelsäule und scheint über meine Kopfhaut zu kriechen. Der Hund bewegt sich in seinem Zwinger und wimmert verängstigt. Er muss sich umgedreht haben, denn jetzt kann ich die Umrisse seiner leuchtenden Wunde nicht mehr sehen.

Draußen in den Gärten ist es wieder still und ich lausche ängstlich. Eine Minute vergeht, und noch eine, dann höre ich wieder das polsternde Geräusch. Es ist ganz in der Nähe und scheint den Kiesweg hinunter zu kommen. Das Geräusch ist seltsam gemessen und überlegt. Es hört vor der Tür auf, und ich erhebe mich und bleibe regungslos stehen. Von der Tür kommt ein leises Geräusch - der Riegel wird langsam hochgezogen. Ein singender Ton dringt an meine Ohren und ich spüre einen Druck auf dem Kopf.

Der Riegel fällt mit einem scharfen Klicken in die Falle. Das Geräusch lässt mich erneut aufschrecken, es rüttelt fürchterlich an meinen angespannten Nerven. Danach stehe ich noch eine ganze Weile inmitten einer immer größer werdenden Stille. Plötzlich beginnen meine Knie zu zittern und ich muss mich schnell setzen.

Es vergeht eine ungewisse Zeit und allmählich schüttle ich das Gefühl des Schreckens ab, das von mir Besitz ergriffen hat. Doch ich sitze immer noch. Ich scheine die Kraft der Bewegung verloren zu haben. Ich bin seltsam müde und neige dazu, zu dösen. Meine Augen öffnen und schließen sich, und bald darauf schlafe ich ein und wache in Schüben wieder auf.

Es ist einige Zeit später, als ich schläfrig feststelle, dass eine der Kerzen brennt. Als ich wieder aufwache, ist sie erloschen und der Raum ist im Licht der einen verbliebenen Flamme sehr düster. Das Halbdunkel beunruhigt mich wenig. Ich habe dieses schreckliche Gefühl des Grauens verloren und mein einziger Wunsch scheint zu sein, zu schlafen - zu schlafen.

Plötzlich, obwohl kein Geräusch zu hören ist, bin ich hellwach - hellwach. Ich bin mir der Nähe eines Geheimnisses, einer überwältigenden Präsenz bewusst. Die Luft scheint mit Schrecken erfüllt zu sein. Ich sitze zusammengekauert und lausche aufmerksam. Doch es ist kein Geräusch zu hören. Die Natur selbst scheint tot zu sein. Dann wird die beklemmende Stille von einem kleinen, unheimlichen Schrei des Windes durchbrochen, der um das Haus fegt und in der Ferne verhallt.

Ich lasse meinen Blick durch den halb erleuchteten Raum schweifen. Neben der großen Uhr in der hinteren Ecke steht ein dunkler, großer Schatten. Einen kurzen Moment lang starre ich ihn ängstlich an. Dann sehe ich, dass es nichts ist, und bin für einen Moment erleichtert.

In der darauffolgenden Zeit schießt mir der Gedanke durch den Kopf, warum ich dieses Haus nicht verlasse - dieses Haus voller Geheimnisse und Schrecken? Dann, wie als Antwort, taucht vor meinen Augen eine Vision des wundersamen Meeres des Schlafes auf - das Meer des Schlafes, in dem sie und ich uns nach den Jahren der Trennung und des Kummers treffen durften, und ich weiß, dass ich hier bleiben werde, was auch immer geschieht.

Durch das Seitenfenster sehe ich die düstere Schwärze der Nacht. Mein Blick wandert durch den Raum und bleibt auf einem schattenhaften Gegenstand und einem anderen liegen. Plötzlich drehe ich mich um und schaue zum Fenster zu meiner Rechten. Dabei atme ich schnell und beuge mich nach vorne, um mit ängstlichem Blick auf etwas außerhalb des Fensters zu schauen, das aber dicht an den Gitterstäben liegt. Ich blicke auf ein riesiges, nebliges Schweinegesicht, über dem eine flammende Flamme von grünlichem Farbton schwebt. Es ist das Ding aus der Arena. Aus dem bebenden Maul scheint unaufhörlich ein phosphoreszierender Geifer zu tropfen. Die Augen starren mit einem unergründlichen Ausdruck direkt in den Raum. Ich sitze also wie erstarrt.

Das Ding hat sich zu bewegen begonnen. Es dreht sich langsam in meine Richtung. Es kommt mit seinem Gesicht auf mich zu. Es sieht mich. Zwei riesige, unmenschlich menschliche Augen blicken mich aus dem Halbdunkel heraus an. Mir ist kalt vor Angst, doch selbst jetzt bin ich mir dessen bewusst und stelle fest, dass die fernen Sterne von der Masse des riesigen Gesichts verdeckt werden.

Ein neuer Schrecken ist über mich gekommen. Ich erhebe mich von meinem Stuhl, ohne die geringste Absicht. Ich bin auf den Beinen und etwas treibt mich zur Tür, die in die Gärten hinausführt. Ich möchte stehen bleiben, kann es aber nicht. Eine unabänderliche Macht widersetzt sich meinem Willen und ich gehe langsam vorwärts, unwillig und widerstrebend. Mein Blick fliegt hilflos im Zimmer umher und bleibt am Fenster stehen. Das große Schweinegesicht ist verschwunden, und ich höre wieder dieses heimliche Pad, Pad, Pad. Es bleibt vor der Tür stehen - der Tür, zu der ich gezwungen werde....

Es folgt ein kurzes, intensives Schweigen; dann kommt ein Geräusch. Es ist das Klappern des Riegels, der langsam hochgezogen wird. Das erfüllt mich mit Verzweiflung. Ich werde keinen Schritt mehr weitergehen. Ich mache eine gewaltige Anstrengung, um zurückzukehren, aber es ist, als ob ich gegen eine unsichtbare Wand zurückstoße. Ich stöhne laut auf, in der Qual meiner Angst, und der Klang meiner Stimme ist erschreckend. Wieder rasselt es und ich zittere heftig. Ich versuche - ja, kämpfe und zappele - mich zurückzuhalten, aber es nützt nichts....

Ich stehe an der Tür und beobachte mechanisch, wie meine Hand nach vorne fährt, um den obersten Riegel zu öffnen. Es geschieht, ganz ohne mein Zutun. Noch während ich nach dem Riegel greife, wird die Tür heftig erschüttert und ich rieche einen üblen Geruch von modriger Luft, die durch die Zwischenräume der Türöffnung zu dringen scheint. Ich ziehe den Riegel langsam zurück und kämpfe die ganze Zeit stumm. Es löst sich mit einem Klicken aus der Fassung, und ich beginne zu zittern. Es gibt noch zwei weitere; einer befindet sich unten an der Tür, der andere, ein massives Ding, ist ungefähr in der Mitte angebracht.

Ich stehe vielleicht eine Minute lang mit schlaff herabhängenden Armen an meinen Seiten. Der Einfluss, sich an den Verschlüssen der Tür zu schaffen zu machen, scheint verschwunden zu sein. Plötzlich klappert das Eisen zu meinen Füßen. Ich blicke schnell nach unten und stelle mit unsagbarem Schrecken fest, dass mein Fuß den unteren Riegel zurückschiebt. Ein schreckliches Gefühl der Hilflosigkeit überkommt mich.... Der Bolzen löst sich mit einem leisen, klingelnden Geräusch aus seiner Verankerung und ich taumle auf den Füßen, wobei ich mich an dem großen, mittleren Bolzen festhalte, um mich abzustützen. Eine Minute vergeht, eine Ewigkeit; dann eine weitere----Mein Gott, hilf mir! Ich bin gezwungen, an der letzten Befestigung zu arbeiten. Ich will nicht! Lieber sterbe ich, als mich dem Terror zu öffnen, der auf der anderen Seite der Tür ist. Gibt es kein Entkommen ...? Gott steh mir bei, ich habe den Riegel halb aus der Fassung gerissen! Meine Lippen stoßen einen heiseren Schrei des Entsetzens aus, der Bolzen ist jetzt dreiteilig gezogen, und noch immer arbeiten meine bewusstlosen Hände auf mein Verhängnis hin. Nur ein Bruchteil des Stahls steht zwischen meiner Seele und dem. Zweimal schreie ich in der höchsten Agonie meiner Angst auf, dann reiße ich mit einer wahnsinnigen Anstrengung meine Hände weg. Meine Augen scheinen geblendet zu sein. Eine große Schwärze bricht über mich herein. Die Natur ist mir zu Hilfe gekommen. Ich spüre, wie meine Knie nachgeben. Es gibt einen lauten, schnellen Schlag gegen die Tür und ich falle,....

Ich muss dort gelegen haben, mindestens ein paar Stunden. Als ich wieder zu mir komme, stelle ich fest, dass die andere Kerze ausgebrannt ist und der Raum in fast völliger Dunkelheit liegt. Ich kann nicht aufstehen, denn mir ist kalt und ich habe schreckliche Krämpfe. Doch mein Verstand ist klar, und der unheilige Einfluss ist nicht mehr spürbar.

Vorsichtig gehe ich auf die Knie und taste nach dem zentralen Bolzen. Ich finde ihn und schiebe ihn fest in seine Fassung zurück; dann den an der Unterseite der Tür. Inzwischen kann ich mich aufrichten und schaffe es, den oberen Verschluss zu sichern. Danach gehe ich wieder auf die Knie und schleiche mich zwischen den Möbeln in Richtung Treppe davon. Auf diese Weise bin ich vor der Beobachtung durch das Fenster sicher.

Ich erreiche die gegenüberliegende Tür und werfe, als ich das Arbeitszimmer verlasse, einen nervösen Blick über die Schulter zum Fenster. Draußen in der Nacht scheine ich einen Blick auf etwas Ungreifbares zu erhaschen, aber vielleicht ist es nur eine Einbildung. Dann bin ich auf dem Gang und auf der Treppe.

Als ich mein Schlafzimmer erreiche, klettere ich in mein Bett und ziehe die Bettdecke über mich. Dort fange ich nach einer Weile an, wieder ein wenig Vertrauen zu fassen. Es ist unmöglich zu schlafen, aber ich bin dankbar für die zusätzliche Wärme des Bettzeugs. Ich versuche, die Geschehnisse der vergangenen Nacht Revue passieren zu lassen, aber obwohl ich nicht schlafen kann, stelle ich fest, dass es sinnlos ist, weiterzudenken. Mein Gehirn scheint seltsam leer zu sein.

Gegen Morgen beginne ich mich unruhig hin und her zu wälzen. Ich komme nicht zur Ruhe und nach einer Weile stehe ich aus dem Bett auf und gehe auf dem Boden herum. Die winterliche Morgendämmerung beginnt durch die Fenster zu kriechen und zeigt die kahle Unbehaglichkeit des alten Zimmers. Seltsam, dass es mir in all den Jahren nie in den Sinn gekommen ist, wie trostlos dieser Ort wirklich ist. Und so vergeht eine Zeit.

Von irgendwo unten kommt ein Geräusch zu mir herauf. Ich gehe zur Schlafzimmertür und lausche. Es ist Mary, die in der großen, alten Küche herumwuselt, um das Frühstück vorzubereiten. Ich verspüre wenig Interesse. Ich bin nicht hungrig. Meine Gedanken sind jedoch weiterhin bei ihr. Wie wenig sie die seltsamen Ereignisse in diesem Haus zu stören scheinen. Abgesehen von dem Vorfall mit den Grubenwesen scheint sie nichts Ungewöhnliches zu bemerken. Sie ist alt, wie ich selbst, und doch haben wir so wenig miteinander zu tun. Liegt es daran, dass wir nichts gemeinsam haben, oder nur daran, dass wir im Alter weniger Wert auf Gesellschaft als auf Ruhe legen? Diese und andere Fragen gehen mir durch den Kopf, während ich meditiere, und helfen mir, mich für eine Weile von den bedrückenden Gedanken der Nacht abzulenken.

Nach einiger Zeit gehe ich zum Fenster und öffne es, um hinauszuschauen. Die Sonne steht jetzt über dem Horizont, und die Luft ist zwar kalt, aber frisch und angenehm. Allmählich wird mein Kopf klar und ich fühle mich für den Moment sicher. Etwas zufriedener gehe ich die Treppe hinunter und in den Garten, um nach dem Hund zu sehen.

Als ich mich der Hundehütte nähere, empfängt mich der gleiche modrige Gestank, der mich gestern Abend an der Tür überfiel. Ich schüttle ein kurzes Gefühl der Angst ab und rufe den Hund, aber er hört nicht auf mich, und nachdem ich noch einmal gerufen habe, werfe ich einen kleinen Stein in den Zwinger. Daraufhin bewegt er sich unruhig, und ich rufe erneut seinen Namen, gehe aber nicht näher heran. Kurz darauf kommt meine Schwester heraus und versucht mit mir zusammen, ihn aus dem Zwinger zu locken.

Nach kurzer Zeit erhebt sich das arme Tier und watschelt seltsam torkelnd hinaus. Im Tageslicht schwankt es von einer Seite zur anderen und blinzelt dümmlich. Ich schaue nach und stelle fest, dass die schreckliche Wunde größer ist, viel größer, und ein weißliches, pilzartiges Aussehen zu haben scheint. Meine Schwester macht Anstalten, ihn zu streicheln, aber ich halte sie zurück und erkläre ihr, dass ich es für besser halte, ihm ein paar Tage lang nicht zu nahe zu kommen, da man nicht sagen kann, was mit ihm los ist, und es gut ist, vorsichtig zu sein.

Eine Minute später verlässt sie mich und kommt mit einer Schüssel mit seltsamen Essensresten zurück. Sie stellt es in der Nähe des Hundes auf den Boden und ich schiebe es mit Hilfe eines Astes, der von einem der Sträucher abgebrochen wurde, in seine Reichweite. Doch obwohl das Fleisch verlockend sein sollte, nimmt er keine Notiz davon, sondern zieht sich in seinen Zwinger zurück. Es ist noch Was‐ ser in seinem Trinkgefäß, also gehen wir nach einem kurzen Gespräch zurück zum Haus. Ich kann sehen, dass meine Schwester sehr verwirrt ist, was mit dem Tier los ist, doch es wäre Wahnsinn, ihr die Wahrheit auch nur anzudeuten.

Der Tag vergeht ereignislos, und die Nacht bricht herein. Ich habe beschlossen, mein Experiment von letzter Nacht zu wiederholen. Ich kann nicht sagen, dass es klug ist, aber ich bin fest entschlossen. Dennoch habe ich Vorkehrungen getroffen. Ich habe kräftige Nägel in jeden der drei Riegel, die die Tür vom Arbeitszimmer zum Garten sichern, geschlagen. Das wird zumindest verhindern, dass sich die Gefahr, der ich gestern Abend ausgesetzt war, wiederholt.

Von zehn bis etwa halb drei halte ich Wache, aber es geschieht nichts, und schließlich stolpere ich ins Bett, wo ich bald einschlafe.

XXVI. DER LEUCHTENDE FLECK

Ich wache plötzlich auf. Es ist immer noch dunkel. Ich drehe mich ein- oder zweimal um und versuche, wieder einzuschlafen, aber ich kann nicht schlafen. Mein Kopf schmerzt leicht, und mir ist abwechselnd heiß und kalt. Nach kurzer Zeit gebe ich den Versuch auf und strecke meine Hand nach den Streichhölzern aus. Ich zünde meine Kerze an und lese eine Weile, vielleicht kann ich dann schlafen. Einige Augenblicke lang tappe ich im Dunkeln, dann berührt meine Hand die Schachtel, doch als ich sie öffne, erschrecke ich über einen phosphoreszierenden Feuerfleck, der in der Dunkelheit leuchtet. Ich strecke meine andere Hand aus und berühre es. Es befindet sich an meinem Handgelenk. Mit einem Gefühl vager Beunruhigung zünde ich eilig ein Licht an und schaue nach, kann aber nichts sehen, außer einem winzigen Kratzer.

'Komisch!' murmle ich mit einem halben Seufzer der Erleichterung. Dann verbrennt das Streichholz meinen Finger und ich lasse es schnell fallen. Als ich nach einem anderen fummle, leuchtet das Ding wieder hervor. Ich weiß jetzt, dass es keine Einbildung ist. Diesmal zünde ich die Kerze an und untersuche die Stelle genauer. Um den Kratzer herum ist eine leichte, grünliche Verfärbung zu sehen. Ich bin verwirrt und besorgt. Dann kommt mir ein Gedanke. Ich erinnere mich an den Morgen nach dem Auftauchen des Dings. Ich erinnere mich, dass der Hund meine Hand abgeleckt hat. Es war dieser Hund mit dem Kratzer, obwohl ich mir der Erniedrigung nicht einmal bewusst war, bis jetzt. Eine furchtbare Angst hat mich befallen. Es schleicht sich in mein Gehirn - die Wunde des Hundes leuchtet in der Nacht. Benommen setze ich mich auf die Bettkante und versuche zu denken, aber ich kann nicht. Mein Gehirn scheint vor lauter Schrecken über diese neue Angst wie betäubt zu sein.

Die Zeit vergeht, ohne dass ich sie bemerke. Einmal stehe ich auf und versuche mir einzureden, dass ich mich getäuscht habe, aber es ist sinnlos. In meinem Herzen habe ich keinen Zweifel.

Stunde um Stunde sitze ich in der Dunkelheit und Stille und zittere, hoffnungslos....

Der Tag ist gekommen und gegangen, und es ist wieder Nacht.

Heute Morgen, in aller Frühe, habe ich den Hund erschossen und ihn zwischen den Büschen vergraben. Meine Schwester ist erschrocken und verängstigt, aber ich bin verzweifelt. Außerdem ist es besser so. Der üble Wuchs hatte seine linke Seite fast verdeckt. Und ich - die Stelle an meinem Handgelenk hat sich merklich vergrößert. Mehrere Male habe ich mich dabei ertappt, wie ich Gebete gemurmelt habe - kleine Dinge, die ich als Kind gelernt habe. Gott, allmächtiger Gott, hilf mir! Ich werde noch wahnsinnig.

Sechs Tage und ich habe nichts gegessen. Es ist Nacht. Ich sitze auf meinem Stuhl. Ach, Gott! Ich frage mich, ob jemand jemals den Schrecken des Lebens gefühlt hat, den ich kennengelernt habe? Ich bin in Angst und Schrecken gehüllt. Ich spüre ständig das Brennen dieser schrecklichen Wucherung. Es hat meinen ganzen rechten Arm und meine Seite bedeckt und beginnt, meinen Hals hinaufzukriechen. Morgen wird es sich in mein Gesicht fressen. Ich werde zu einer schrecklichen Masse aus lebendiger Korruption werden. Es gibt kein Entkommen. Und doch ist mir ein Gedanke gekommen, als ich den Gewehrständer auf der anderen Seite des Raumes sah. Ich habe wieder hingesehen - mit den seltsamsten Gefühlen. Der Gedanke wächst in mir. Gott, Du weißt, Du musst wissen, dass der Tod besser ist, ja, tausendmal besser als das hier. Dies! Jesus, vergib mir, aber ich kann nicht leben, kann nicht, kann nicht! Ich wage es nicht! Mir ist nicht mehr zu helfen, es bleibt mir nichts anderes übrig. Es wird mir wenigstens den letzten Horror ersparen....

Ich glaube, ich bin eingeschlafen. Ich bin sehr schwach und ach, so elend, so elend und müde, müde. Das Rascheln des Papiers beansprucht mein Gehirn. Mein Gehör scheint übernatürlich scharf zu sein. Ich bleibe eine Weile sitzen und denke....

"Pst! Ich höre etwas, unten in den Kellern. Es ist ein knarrendes Geräusch. Mein Gott, es ist die Öffnung der großen Eichenfalle. Was kann das sein? Das Kratzen meiner Feder macht mich taub ... Ich muss zuhören.... Da sind Stufen auf der Treppe; seltsame gepolsterte Stufen, die hochkommen und sich nähern.... Jesus, sei mir gnädig, einem alten Mann. Da ist etwas, das an der Türklinke herumfummelt. Oh Gott, hilf mir jetzt! Jesus - die Tür öffnet sich langsam. Irgendetwas..."

Das ist alles[16]

XXVII. SCHLUSSFOLGERUNG

Ich legte das Manuskript weg und blickte zu Tonnison hinüber: Er saß da und starrte in die Dunkelheit hinaus. Ich wartete eine Minute, dann sprach ich.

"Nun?" sagte ich.

Er drehte sich langsam um und sah mich an. Seine Gedanken schienen in weite Ferne gerückt zu sein.

"War er verrückt?" fragte ich und deutete mit einem halben Nicken auf das Manuskript.

Tonnison starrte mich einen Moment lang ausdruckslos an, dann kehrte sein Verstand zurück und er begriff plötzlich meine Frage.

"Nein!", sagte er.

Ich öffnete meine Lippen, um ihm zu widersprechen, denn mein Gespür für die Vernunft der Dinge erlaubte es mir nicht, die Geschichte wörtlich zu nehmen, doch dann schloss ich sie wieder, ohne etwas zu sagen. Irgendwie beeinflusste die Gewissheit in Tonnisons Stimme meine Zweifel. Ich fühlte mich auf einmal weniger sicher, obwohl ich noch keineswegs überzeugt war.

Nach einigen Augenblicken des Schweigens erhob sich Tonnison steif und begann sich zu entkleiden. Er schien nicht reden zu wollen, also sagte ich nichts, sondern folgte seinem Beispiel. Ich war müde, aber noch ganz erfüllt von der Geschichte, die ich gerade gelesen hatte.

Als ich mich in meine Decken rollte, kam mir irgendwie die Erinnerung an die alten Gärten in den Sinn, wie wir sie gesehen hatten. Ich erinnerte mich an die seltsame Angst, die dieser Ort in unseren Herzen hervorgerufen hatte, und es wurde mir immer klarer, dass Tonnison Recht hatte.

Es war schon sehr spät, als wir aufstanden - fast Mittag -, denn den größten Teil der Nacht hatten wir mit dem Lesen des Manuskripts verbracht.

Tonnison war mürrisch, und ich fühlte mich nicht gut gelaunt. Es war ein etwas düsterer Tag, und es lag ein Hauch von Kälte in der Luft. Keiner von uns beiden wollte zum Fischen hinausfahren. Wir aßen zu Abend und saßen danach einfach schweigend da und rauchten.

Irgendwann fragte Tonnison nach dem Manuskript: Ich reichte es ihm, und er verbrachte den größten Teil des Nachmittags damit, es selbst durchzulesen.

Es war, während er so beschäftigt war, dass mir ein Gedanke kam:-

"Was hältst Du davon, noch einmal einen Blick hineinzuwerfen?" Ich nickte mit dem Kopf flussabwärts.

Tonnison blickte auf. "Nichts!", sagte er abrupt, und irgendwie war ich weniger verärgert als erleichtert über seine Antwort.

Daraufhin ließ ich ihn allein.

Kurz vor der Teestunde schaute er neugierig zu mir auf.

"Tut mir leid, alter Knabe, wenn ich vorhin etwas kurz angebunden war" (in der Tat, vorhin! Er hatte die letzten drei Stunden nicht gesprochen), "aber ich würde nicht noch einmal hingehen", und er deutete mit dem Kopf, "für alles, was du mir anbieten könntest. Pfui!", und er legte diese Geschichte des Schreckens, der Hoffnung und der Verzweiflung eines Mannes zu den Akten.

Am nächsten Morgen standen wir früh auf und gingen wie gewohnt schwimmen. Wir hatten die Depression des Vortages teilweise abgeschüttelt, nahmen also nach dem Frühstück unsere Ruten und verbrachten den Tag mit unserem Lieblingssport.

Nach diesem Tag genossen wir unseren Urlaub in vollen Zügen, obwohl wir uns beide auf die Zeit freuten, in der unser Fahrer kommen würde, denn wir waren unheimlich gespannt darauf, uns bei ihm und durch ihn bei den Bewohnern des winzigen Weilers zu erkundigen, ob uns jemand von ihnen Informationen über diesen seltsamen Garten geben könnte, der ganz allein inmitten eines fast unbekannten Landstrichs lag.

Schließlich kam der Tag, an dem wir erwarteten, dass der Fahrer uns abholen würde. Er kam in aller Frühe, während wir noch schliefen, und das erste, was wir mitbekamen, war, dass er an der Öffnung des Zeltes stand und sich erkundigte, ob wir guten Sport getrieben hätten. Wir bejahten die Frage, und dann stellten wir beide fast im gleichen Atemzug die Frage, die uns am meisten beschäftigte: Ob er etwas über einen alten Garten, eine große Grube und einen See wisse, der einige Meilen flussabwärts liege, und ob er jemals von einem großen Haus in dieser Gegend gehört habe.

Nein, das wusste er nicht und hatte es auch nicht. Dennoch hatte er einmal ein Gerücht über ein großes, altes Haus gehört, das allein in der Wildnis stand, aber wenn er sich richtig erinnerte, war es ein Ort, der den Feen überlassen worden war, oder, wenn das nicht der Fall war, war er sich sicher, dass es etwas "Merkwürdiges" an sich hatte, und jedenfalls hatte er schon lange nichts mehr davon gehört - nicht mehr, seit er ein kleiner Junge war. Nein, er konnte sich an nichts Bestimmtes erinnern; er wusste sogar nicht, dass er sich an irgendetwas "überhaupt, überhaupt" erinnerte, bis wir ihn befragten.

"Hören Sie", sagte Tonnison, als er feststellte, dass dies alles war, was er uns sagen konnte, "machen Sie doch einen Spaziergang durch das Dorf, während wir uns umziehen, und finden Sie etwas heraus, wenn Sie können."

Mit einem unauffälligen Gruß machte sich der Mann auf den Weg, während wir uns beeilten, unsere Kleider anzuziehen und das Frühstück vorzubereiten.

Wir hatten uns gerade dazu gesetzt, als er zurückkam.

"Es ist alles im Bett, die faule Sau", sagte er mit einer Wiederholung des Grußes und einem anerkennenden Blick auf die guten Sachen, die auf unserer Provianttruhe ausgebreitet waren, die wir als Tisch benutzten.

"Nun gut, setzen Sie sich", antwortete mein Freund, "und essen Sie etwas mit uns." Das tat der Mann ohne zu zögern.

Nach dem Frühstück schickte Tonnison ihn wieder auf den gleichen Weg, während wir saßen und rauchten. Er war etwa eine Dreiviertelstunde weg, und als er zurückkam, war es offensichtlich, dass er etwas herausgefunden hatte. Es schien, dass er mit einem alten Mann des Dorfes ins Gespräch gekommen war, der wahrscheinlich mehr - wenn auch nur wenig - über das seltsame Haus wusste als jeder andere Bewohner.

Der Inhalt dieses Wissens war, dass in der Jugend des "alten Mannes" - und wer weiß, wie lange das zurücklag - ein großes Haus in der Mitte der Gärten gestanden hatte, von dem jetzt nur noch dieses Ruinenfragment übrig war. Dieses Haus stand schon lange leer, schon Jahre vor der Geburt des alten Mannes. Es war ein Ort, der von den Bewohnern des Dorfes gemieden wurde, so wie es auch von ihren Vätern vor ihnen gemieden worden war. Es wurden viele Dinge über ihn gesagt, und alle waren von Übel. Niemand ging jemals in seine Nähe, weder bei Tag noch bei Nacht. Im Dorf war es ein Synonym für alles, was unheilig und schrecklich ist.

Und dann, eines Tages, ritt ein Mann, ein Fremder, durch das Dorf und bog flussabwärts ab, in Richtung des Hauses, wie es von den Dorfbewohnern immer genannt wurde. Einige Stunden später ritt er zurück und nahm den Weg, den er gekommen war, in Richtung Ardrahan. Dann hörte man etwa drei Monate lang nichts mehr. Am Ende dieser Zeit tauchte er wieder auf, nun aber in Begleitung einer älteren Frau und einer großen Zahl von Eseln, die mit verschiedenen Gegenständen beladen waren. Sie hatten das Dorf durchquert, ohne anzuhalten, und waren geradeaus das Flussufer hinunter in Richtung des Hauses gegangen.

Seitdem hatte niemand außer dem Mann, den sie angeheuert hatten, um die monatlichen Vorräte aus Ardrahan herüberzubringen, einen von ihnen je wiedergesehen; und ihn hatte niemand je zum Reden gebracht; offensichtlich war er für seine Mühe gut bezahlt worden.

Die Jahre waren in dem kleinen Weiler ereignislos verstrichen, und der Mann machte regelmäßig seine monatlichen Fahrten.

Eines Tages war er wie üblich zu seiner üblichen Besorgung erschienen. Er hatte das Dorf durchquert, ohne mehr als ein mürrisches Nicken mit den Einwohnern auszutauschen, und war in Richtung des Hauses weitergefahren. Normalerweise war es schon Abend, bevor er den Rückweg antrat. Bei dieser Gelegenheit war er jedoch einige Stunden später in außerordentlicher Aufregung wieder im Dorf erschienen, mit der erstaunlichen Information, dass das Haus verschwunden war und an seiner Stelle ein riesiges Loch klaffte.

Es scheint, dass diese Nachricht die Neugier der Dorfbewohner so sehr erregte, dass sie ihre Ängste überwanden und in Scharen zu dem Ort marschierten. Dort fanden sie alles so vor, wie es der Bote beschrieben hatte.

Das war alles, was wir erfahren konnten. Wer der Verfasser des Manuskripts war und woher er kam, werden wir nie erfahren.

Seine Identität ist, wie er anscheinend wollte, für immer begraben.

Am selben Tag verließen wir das einsame Dorf Kraighten. Wir sind seitdem nie wieder dort gewesen.

Manchmal sehe ich in meinen Träumen diese riesige Grube, die auf allen Seiten von wilden Bäumen und Büschen umgeben ist. Und das Rauschen des Wassers steigt nach oben und vermischt sich in meinem Schlaf mit anderen, leiseren Geräuschen, während über allem das ewige Leichentuch der Gischt hängt.

Kummer[17]

*Grimmiger Hunger herrscht in meiner Brust, ich hatte nicht
geträumt, dass diese ganze Welt,*

In der Hand Gottes zermalmt, so viel

*Solch bittere Essenz der Unruhe, Solchen Schmerz, wie ihn der
Kummer nun schleuderte*

Aus seinem furchtbaren Herzen geschleudert hat, unversiegelt!

*Jeder schluchzende Atemzug ist nur ein Schrei, Mein Herz
schlägt wie ein Schmerzenslaut,*

Und mein ganzes Gehirn hat nur einen Gedanken

*Dass ich nie mehr im Leben (außer im Schmerz der Erinne-
rung)*

Die Hände mit dir berühren, der du jetzt nichts mehr bist!

*Durch die ganze Leere der Nacht suche ich und rufe stumm
nach dir;*

Doch du bist nicht da, und der große Thron der Nacht

*Wird zu einer gewaltigen Kirche Mit Sternenglocken, die zu mir
klingen*

Der ich in der Weite ganz allein bin!

*Hungrig schleiche ich ans Ufer, vielleicht wartet ein Trost auf
mich*

Aus des alten Meeres ewigem Herzen;

Doch siehe da, aus der feierlichen Tiefe dringen ferne, geheimnisvolle Stimmen

Die fragen, warum wir getrennt sind!

"Wohin ich auch gehe, ich bin allein, die einst durch dich die ganze Welt hatte.

Meine Brust ist ein einziger rasender Schmerz

Für das, was war, und jetzt geflogen ist In die Leere, wo das Leben geschleudert wird

Wo alles nicht ist, noch wieder ist!"

FUSSNOTEN:

[1] Eine scheinbar nichtssagende Interpolation. Ich kann im Manuskript keinen früheren Hinweis auf diese Angelegenheit finden. Es wird jedoch im Lichte der nachfolgenden Ereignisse klarer.-Ed.

[2] Hier ist die Schrift aufgrund der beschädigten Kondition dieses Teils des Manuskripts nicht mehr zu entziffern. Nachfolgend drucke ich die Fragmente ab, die lesbar sind.-Ed.

[3] ANMERKUNG: Auch nach genauester Prüfung konnte ich den beschädigten Teil des Manuskripts nicht mehr entziffern. Es beginnt mit dem Kapitel "Der Lärm in der Nacht", das wieder lesbar ist.

[4] Der Einsiedler verwendet dies als Illustration, offensichtlich im Sinne der volkstümlichen Vorstellung von einem Kometen.-Ed.

[5] Offensichtlich bezieht er sich auf etwas, das auf den fehlenden und verstümmelten Seiten steht. Siehe Fragmente, Kapitel 14-Ed.

[6] Der Mond wird nicht weiter erwähnt. Es ist offensichtlich, dass unser Satellit seinen Abstand zur Erde stark vergrößert hatte. Möglicherweise hat er sich zu einem späteren Zeitpunkt sogar aus unserer Anziehungskraft gelöst. Ich kann nur bedauern, dass kein Licht auf diesen Punkt geworfen wird.-Ed.

[7] Möglicherweise gefrorene Luft.-Ed.

[8] Siehe vorherige Fußnote. Das würde den Schnee (?) in dem Raum erklären.-Ed.

[9] Es verwirrt mich, dass der Einsiedler weder hier noch später die (scheinbare) Nord-Süd-Bewegung der Sonne von Sonnenwende zu Sonnenwende weiter erwähnt.

[10] Zu dieser Zeit muss die schalldurchlässige Atmosphäre entweder unglaublich gedämpft oder - was wahrscheinlicher ist - nicht vorhanden gewesen sein. Es ist daher nicht anzunehmen, dass diese oder andere Geräusche für lebende Ohren wahrnehmbar gewesen wären - für das Gehör, wie wir in unserem materiellen Körper diesen Sinn verstehen.

[11] Ich kann nur vermuten, dass die Zeit der jährlichen Reise der Erde nicht mehr im Verhältnis zur Dauer der Sonnenrotation steht.-Ed.

[12] Eine sorgfältige Lektüre des Manuskripts legt nahe, dass sich die Sonne entweder auf einer stark exzentrischen Bahn bewegt oder dass es sich dem grünen Stern auf einer schwächer werdenden Bahn näherte. Und in diesem Moment wird es meiner Meinung nach schließlich durch die Anziehungskraft des riesigen Sterns direkt von seiner schrägen Bahn gerissen.

[13] Es wird hier bemerkt, dass die Erde "langsam das gewaltige Gesicht der toten Sonne durchquerte". Es wird keine Erklärung dafür gegeben, und wir müssen daraus schließen, dass sich entweder die Geschwindigkeit der Zeit verlangsamt hat oder dass die Erde tatsächlich auf ihrer Umlaufbahn mit einer Geschwindigkeit voranschreitet, die nach den bestehenden Standards langsam ist. Ein sorgfältiges Studium des Manuskripts lässt mich jedoch zu dem Schluss kommen, dass die Geschwindigkeit der Zeit über einen sehr langen Zeitraum hinweg stetig abgenommen hat.

[14] Siehe erste Fußnote, Kapitel 18.

[15] Zweifellos die flammende Masse der toten Zentralsonne, gesehen aus einer anderen Dimension.

[16] ANMERKUNG: Von dem unvollendeten Wort kann man auf dem Manuskript eine schwache Tintenlinie erkennen, die darauf hindeutet, dass die Feder über das Papier abgeglitten ist, möglicherweise durch Erschrecken und Schwäche.-Ed.

[17] Diese Strophen habe ich mit Bleistift auf einem Stück Narrenkappe gefunden, das hinter dem Deckblatt des Manuskripts eingeklebt war. Es sieht ganz so aus, als seien sie zu einem früheren Zeitpunkt als das Manuskript geschrieben worden.